DIANA AK

Auf der Suche nach der Wahrheit

AF222340

Diana Ak

Auf der Suche nach der

Wahr heit

Bibliografische Information der Deutschen Nationalbibliothek:
Die Deutsche Nationalbibliothek verzeichnet diese Publikation in
der Deutschen Nationalbibliografie; detaillierte bibliografische
Daten sind im Internet über dnb.dnb.de abrufbar.

Covergestaltung: Daniela Szegedi
unter Verwendung von Werken von © Nataliia Solodun, Pexels
und © inagraur.ymail.com, Depositphotos

Kapitelzierden: © stockillustration, Depositphotos

Herstellung und Verlag: BoD – Books on Demand, Norderstedt

ISBN: 9783758383007

Die Familie ist die Heimat des Herzens.
— Giuseppe Mazzini

Kapitel 1
DER ANFANG EINER SUCHE

*A*chtung: Boarding für Flug 1103 nach
Paris beginnt in einer halben Stunde, ich
wiederhole: Boarding für Flug 1103 nach
Paris beginnt in einer halben Stunde.

Als die Durchsage aus den Lautsprechern des Flughafens kam, wurde mir klar, dass ich es endlich wagte. Ich hatte nun endlich den Mut dazu, meine Suche zu beginnen. Es war jetzt genau einen Monat her, als ich erfahren hatte, wer meine leibliche Mutter war und woher sie kam. Meine Eltern hatten nie ein Geheimnis aus meiner Adoption gemacht, wofür ich auch dankbar bin, denn mein Leben ist wundervoll. Ich liebe meine Eltern und meinen Job, doch tief in meinem Herzen spürte ich, es fehlt etwas. Ich habe nie Antworten von meinen Eltern bekommen, nur die Aussage, dass ich adoptiert bin. Jetzt wagte ich es also, hier stand ich und erhoffte mir Antworten auf meine Fragen, die mich jahrelang beschäftigt haben: Woher komme ich ursprünglich, wer ist meine Mutter, wieso hat sie mich zur Adoption freigegeben?

Mein Name ist Jeane Wilson, ich bin 28 Jahre alt, meine Freunde würden mich als roten Wirbelwind beschreiben. Das kommt daher, weil ich lange rote Haare und blaugrüne Augen habe, und wenn ich mir etwas in den Kopf setze, dann muss ich das auch umsetzen. Ich beherrsche außerdem drei Sprachen fließend darunter Englisch als meine Muttersprache, Französisch und Italienisch. Mein Vater Alex Wilson ist ein hoch angesehener Geschäftsmann. Wie man sich also denken kann, mangelt es mir nicht an Geld und Wohlstand, so besitze ich auch ein Apartment an der Upper Eastside in New York. Viele meiner Freunde beneiden mich darum, aber ich spüre trotzdem eine ständige Leere in mir. Alles in einem habe ich ein Leben in gutem Wohlstand, aber eine Frage ließ mich nie los: Wer ist meine leibliche Mutter? Zu meiner Adoptivmutter Heather Wilson habe ich ein gutes Verhältnis gehabt, doch leider ist sie sehr früh an Krebs gestorben – ich war gerade mal zwölf Jahre alt. An vielen Tagen hat mir einfach eine Mutter gefehlt, eine weibliche Person, mit der ich über alles reden konnte und die mir Ratschläge gab, wenn ich diese brauchte.

Mein Dad ist für mich mein Ein und Alles, aber wenn es mal um Liebeskummer ging oder um Probleme, mit denen sich nur Frauen auskennen, da konnte ich ihn nicht um Rat fragen. Meine Eltern konnten keine eigenen Kinder bekommen, so entschieden sie sich für eine Adoption. Ich kann mich nicht beklagen, denn geliebt wurde ich von beiden und eine schöne Kindheit verbrachte ich auch. Der Wunsch, mehr über meine Herkunft zu erfahren, reifte, als ich in der Schule von anderen Kids gefragt wurde, wieso ich rote Haare habe, aber meine Eltern nicht. Als ich von meiner Adoption berichtete, wurde ich ausgefragt. Ein Mädchen wollte wissen, ob ich denn meine leibliche Mutter kennen würde. Das war damals der Auslöser für meine ständigen Gedanken und Fragen. Zu diesem Zeitpunkt war ich zwölf Jahre alt – meine Mom Heather ist kurz zuvor gestorben.

Es fehlt mir also etwas, denn ich denke, jeder Mensch braucht eine Mutter. Ich bekam vor einem Monat endlich die Antwort auf meine Fragen bezüglich meiner leiblichen Mutter und Herkunft. Meine Eltern wollten nie, dass ich den Kontakt suche oder aufnehme, die Gründe kannte ich bis vor meiner Reise nach Paris nicht.

An dem einen besonderen Abend war ich mit Dad zum Essen verabredet. Am Telefon meinte er aufgeregt, er hätte Neuigkeiten und will diese nicht telefonisch besprechen, also lud er mich zum Abendessen in unser Lieblingsrestaurant Gourmet ein: »Darling, heute Abendessen im Gourmet, ich muss unbedingt etwas Wichtiges mit dir besprechen.«

»Ok, Dad«, antwortete ich skeptisch, »und was genau?« Ich muss dazu sagen, ich war schon immer neugierig und ungeduldig.

Dad lachte. »Wenn ich dir am Telefon sagen würde, um was es geht, dann ist der Überraschungseffekt weg. Also heute acht Uhr, bye.«

Ich war aufgeregt. *Was könnte wohl so wichtig sein?*

Als ich das Restaurant betrat, schaute ich mich nach Dad um. Er saß schon am Tisch und winkte mir lächelnd zu. Ich lächelte zurück, doch plötzlich sah ich Paula neben ihm sitzen, seine neue Freundin. Ich mag Paula nicht besonders, sie macht auf mich den Eindruck, als würde sie Dad nicht richtig lieben, sondern nur sein Geld wollen – kein Wunder bei den Geschenken, die er ihr ständig macht: Diamanten-Ohrringe, teures Essen und Partys. Paula ist zehn Jahre jünger als Dad, schlank, blond gelockte Haare – ein Püppchen eben.

Ich war sichtlich angespannt. Als ich mich setzte, grinste mir Paula zu und schmiegte sich an Dad, so als würde sie mich provozieren wollen. Dad zuliebe zwang ich mich, freundlich zu bleiben.

»Darling, möchtest du was trinken? Wir haben schon bestellt«, fragte er mich.

Ich war etwas überfordert, denn normalerweise wartet Dad immer auf mich. Er ist jedes Mal wie ausgewechselt in der Anwesenheit von Paula. Ich fühlte mich wie die zweite Wahl. Um keinen Blickkontakt mit Paula haben zu müssen, nahm ich die Speisekarte. »Ich schaue mir mal die Karte an, so lange erzähl mir doch, was der Anlass für dieses Essen ist und wieso du es mir nicht am Telefon sagen konntest.«

Dad lächelte und konnte es kaum erwarten, so sprudelte es aus ihm heraus: »Wir heiraten. Ich habe Paula heute einen Antrag gemacht und sie hat Ja gesagt.« Paula zeigte mir den Verlobungsring, indem sie provokativ ihre Hand vor mich hielt und dabei grinste.

Ich war wütend, aber wollte es mir nicht anmerken lassen. »Dad, hast du dir das Ganze gut überlegt?«

Die Miene meines Vaters veränderte sich. »Natürlich, wieso fragst du? Freust du dich denn überhaupt nicht für mich?«

»Doch, Dad, ich freue mich immer, wenn du glücklich bist, aber Paula will nur dein Geld.«

Paula quiekte empört von der Seite. Sie hatte nicht damit gerechnet, dass ich in diesem frechen Ton gegen sie argumentieren würde. »Aleeex, sie darf nicht so mit mir reden. Darling, du weißt doch, dass das nicht stimmt, oder?« Und schon hatte sie ihn um den Finger gewickelt.

Sofort wurden der Gesichtsausdruck und die Stimme meines Vaters ernster. »Jeane, entschuldige dich, ich möchte nicht, dass du so mit meiner zukünftigen Frau sprichst!«

»Dad, bitte … «

»Es reicht, du respektierst sie oder du gehst!«

Ich merkte, dass mein Vater nicht auf mich hören wollte, und stand auf. »Entschuldigt mich, ich habe keinen Appetit.« Traurig ging ich aus dem Restaurant. So kannte ich ihn nicht, diese Frau ist Gift für ihn.

»Jeane, Darling, warte doch.« Dad kam mir hinterher.

Ich sah meinen Vater an und sagte mit Tränen in den Augen: »Als Mom noch gelebt hat, war alles schön. Wir waren eine Familie, Dad … Du hast dich verändert, für dich zählt nur noch Paula. Ich erkenne dich nicht mehr wieder, merkst du denn nicht, dass sie dich nur ausnutzt?«

»Etwa so wie du mich ausnutzt, Jeane?«

Als er diesen Satz aussprach, stockte mir der Atem. »Diese Frau hat dich manipuliert, du bist nur eine Marionette. Und das sind ihre Worte, ich habe dich nie ausgenutzt. Alles, was ich habe, baute ich mir selber auf, ich bin aufs College gegangen, ich habe studiert und hart gearbeitet. Und ich war dir immer dankbar, aber mir war klar, dass ich nicht hierher gehöre, schließlich bist du auch nicht mein richtiger Dad.«

Er wirkte getroffen und brachte kein Wort mehr heraus.

»Weißt du, Dad, ich habe immer zu dir hochgeschaut, du bist immer mein Vorbild gewesen, aber wir beide wissen, ich bin nicht deine leibliche Tochter, und ich wünschte, ich müsste dir sowas nicht sagen, aber mir fehlt genau jetzt Mom.« Die Tränen rollten mir übers Gesicht. »Ich vermisse Mom, und ich vermisse meine leibliche Mutter, obwohl ich sie nicht kenne. In meinem Herzen ist eine Lücke, die du jetzt nicht schließen kannst. Dad sag mir, wer ist meine leibliche Mutter?«

Er stand nur stumm da. Enttäuscht drehte ich mich um und lief zum Auto, der Chauffeur machte mir die Limousinen Tür auf. Als ich ins Auto einstieg, hörte ich Dad nur noch sagen: »Es tut mir leid, meine Jeane …«

Müde und erschöpft fiel ich an diesem Abend ins Bett. Obwohl mir viele Gedanken durch den Kopf gingen, schlief ich direkt ein.

Am nächsten Morgen wachte ich auf und machte mir einen Kaffee, währenddessen ließ ich Musik laufen, um wach zu werden. Die Tür klingelte. Es wurde ein Päckchen geliefert. Ich wusste, dass es von Dad kam. Dies war seine Art, sich zu entschuldigen. Als ich das Päckchen öffnete, war eine Schachtel meiner Lieblingspralinen mit einer Karte drin.

Sorry, Darling, I love you, Dad.

Ich drehte die Karte in meinen Händen um und trank dabei einen Schluck Kaffee. Ich bemerkte, dass noch ein Umschlag im Päckchen war. Langsam öffnete ich den Umschlag … und sah eine Geburtsurkunde – eine französische Geburtsurkunde. Mit Verwunderung bemerkte ich, dass das Geburtsdatum mit meinem übereinstimmte: der fünfte Januar 1984. Auf der Geburtsurkunde erkannte ich auch meinen Namen Jeane, daneben Bernard. Die Erkenntnis, dass es sich dabei um meine Geburtsurkunde handelte, ließ mich wach werden. Ich prüfte die Urkunde genauer. *Endlich habe ich den Namen meiner leiblichen Mutter: Alice Bernard.* Mit dem Finger strich ich über den Namen.

Kapitel 2
PARIS, OH, PARIS

In Paris angekommen, fühlte ich den Jetlag, der mich einholte. Ich hatte zwei große Koffer mitgenommen und mein Handgepäck – eine kleine Handtasche, in der ich meinen Geldbeutel mit sämtlichen Kreditkarten verstauen konnte. Bei der Gepäckausgabe hätte ich mich am liebsten auf den Koffer gelegt und geschlafen, doch das Smartphone in meiner Hand vibrierte ständig, sodass ich mich wachhalten konnte. In New York hätte ich mir mein Gepäck einfach liefern lassen, doch hier in Frankreich wollte ich so bodenständig wie nur möglich meine Zeit verbringen, denn wer weiß, wie Alice wohnt. *Ob sie Kinder hat? Das würde bedeuten, ich hätte Geschwister.* Bei diesem Gedanken lächelte ich vor mich hin. *Aber was ist, wenn sie mich gar nicht sehen möchte? Was, wenn sie mich gar nicht wollte und deshalb zur Adoption freigegeben hat?* Die Gedanken kreisten in meinem Kopf.

Irgendwann hörte ich: »Excusez-moi, s'il vous plaît, madame.« Ein junger Mann, der vermutlich seinen Koffer schnappen wollte und dem ich im Weg stand. Ich beachtete ihn nicht besonders, aber seine auffallend roten Haare konnte ich nicht übersehen. Er trug zwar eine Mütze, dennoch konnte man einen Teil der Haare sehen. *Fast so wie meine Haarfarbe. Was für ein Zufall.* Ich machte ihm Platz, indem ich zur Seite gehen wollte, aber plötzlich fiel ich zu Boden. Ich wurde geschubst und verlor das Gleichgewicht. Ich weiß nicht, ob es Absicht war oder ein Versehen, doch der junge Mann half mir nicht hoch, im Gegenteil, er verschwand zügig.

Verärgert stand ich auf und klopfte mir den Staub vom Mantel. Auf einmal überkam mich ein Schreck. Mein Herz klopfte wild – wo ist meine Tasche? Ich wurde nervös und begann, um mich zu schauen.

»Das darf doch nicht wahr sein, wo ist meine Tasche?«, murmelte ich vor mich hin. Es konnte nur der junge Mann gewesen sein, der mir meine Tasche geklaut hat. Dann fiel mir wieder ein, dass er keinen Koffer hatte und dass er mich geschubst hat. Ich stand da, hilflos, all meine Kreditkarten, Bargeld und Pass waren in dieser Tasche ... Wie sollte ich jetzt noch ein Hotel buchen? Ich schnappte meine Koffer und lief Richtung Ausgang. Mir blieb nichts anderes übrig, als Dad anzurufen. Völlig verzweifelt erklärte ich ihm, was passiert ist.

»Darling, mach dir keine Sorgen, ich werde mich um alles kümmern. Mein guter Freund Paul Smith besitzt ein Fünf-Sterne-Hotel in Paris. Ich werde dich dorthin bringen lassen«, beruhigte mich Dad.

»Dad, danke, aber ich wollte hier so unauffällig wie möglich meinen Aufenthalt verbringen. Und nach deinem Satz neulich, da –«

Er unterbrach: »Jeane, keine Widerworte. Du bist meine Tochter, komme, was wolle, und ich liebe dich. Es ist doch selbstverständlich, dass ich nur das Beste für dich will. Und an diesem Abend sind wir beide sehr emotional gewesen. Ich hoffe, du weißt, dass es nur Worte waren.«

Was blieb mir anderes übrig nach diesem Erlebnis heute. »Danke, Dad, hab dich lieb.«

»Ich dich auch.«

Also wartete ich, bis ich vom Fahrdienst des Hotels abgeholt wurde. Natürlich mit Limousine. Typisch Dad. Auch wenn mein Vorhaben, bodenständig zu sein, nicht gelang, war ich dankbar, dass Dad mir geholfen hat.

Das Hotel war überwältigend, aber nichts Neues für mich. Von meinem Zimmer aus hatte ich einen Ausblick auf ganz Paris, vor allem auf den Eiffelturm. Ich nahm ein Bad und machte mir Gedanken über die kommenden Tage. *Wie soll ich meine Suche beginnen? Am besten fahre ich zum Rathaus, aber vorher muss ich zur Polizei.* Dad hatte mir die Unterkunft besorgt und auch eine Menge Bargeld transferiert. Um Geld musste ich mir jetzt keine Sorgen machen. Meine Tasche bedeutete mir nicht viel, da ich mir schnell eine neue kaufen konnte, aber mein Geldbeutel. In diesem hatte ich ein Bild von Mom, also Heather, aufbewahrt. Ich musste dringend zur Polizei und den Diebstahl melden. Immer wieder musste ich merkwürdigerweise an diesen jungen Mann denken. Dieser Dieb, wieso geht er mir nicht aus dem Kopf? Ich versuchte mich zu entspannen und atmete tief ein und aus. *Morgen ist ein neuer Tag, Jeane.* Ich seufzte: »Paris, oh, Paris ...«

Kapitel 3
Wo bist du?

Am nächsten Tag fuhr ich zur Polizei. Dort erklärte ich, was am Flughafen vorgefallen ist. Ich konnte mich nicht ausweisen, da mein Pass auch geklaut wurde. Der Polizist, ein etwas fülliger Mann mit einem schwarzen Schnauzbart, war zwar nett, doch er konnte mir nicht weiterhelfen, da er taubstumm ist. Ich versuchte, mit Handzeichen meine Lage zu beschreiben, aber nichts klappte, wir konnten uns einfach nicht verständigen. Nun stand ich verzweifelt da und wusste nicht weiter. Die

Miene des Polizisten wurde starr, so als hätte er einen Geist gesehen.

»Verzeihung, kann ich weiterhelfen?«, ertönte eine tiefe weibliche Stimme zunächst in englischer Sprache, ihren französischen Akzent konnte man aber raushören.

Ich drehte mich um. Ich sah eine kleine Frau mit schwarzer Brille und einem Kurzhaarschnitt, der ihre braunen Haare hervorstechen ließ. Sie trug ein elegantes Kostüm und hielt in der linken Hand Akten und rechts ihre Handtasche. *Dior.* Sie nickte und stellte sich lächelnd vor: »Mein Name ist Marie Julian, ich bin hier die Direktorin. Wie ich sehe, kann Monsieur Clément nicht weiterhelfen, kommen Sie doch bitte mit in mein Büro.« Die Frau müsste ungefähr im gleichen Alter wie Dad sein.

Ihr Büro war groß, hell und sehr stilvoll eingerichtet, eigentlich unüblich für Polizisten. Auf dem Tisch stand ein kleines vergoldetes Namensschild, auf dem ihr Name Marie Julian geschrieben war. Sie bot mir an, mich zu setzen, während sie die Akten auf den Tisch legte. Sie setzte sich ebenfalls und beugte sich mit gefalteten Händen auf den Tisch.

Ich habe zu Beginn unseres Gesprächs verdeutlicht, dass ich auch die französische Sprache beherrsche, so unterhielten wir uns auf Französisch.

Sie sagte: »Madame, ich konnte schon hören, um was es geht. Mon dieu, diese Taschendiebe sind so dreist, dass nun auch der Flughafen davon geplagt ist.«

»Ja, es passierte einfach so schnell, ich konnte nicht reagieren. Meine ganzen Kreditkarten und mein Pass waren in der Tasche.«

Sie zog die Lippen zusammen, ähnlich wie ein Kuss-Mund. »Oui, oui, Madame, das dürfte alles kein Problem sein, wir klären das Ganze. Sie dürfen sich selbstverständlich frei bewegen und genießen unsere volle Aufmerksamkeit.«

Ich war überrascht von ihrer Freundlichkeit. »Können Sie mir sagen, wieso das so unbürokratisch abläuft?«

Sie grinste. »Monsieur Smith, sagen wir mal so, hat mich gestern bereits informiert, Madame Wilson. Ihr Vater, Monsieur Wilson, wird hier sehr geschätzt, und Monsieur Smith ebenso. Machen Sie sich keine Sorgen, und kümmern Sie sich um Ihr Vorhaben. Viel Glück.«

Ich verstand dies als Zeichen zu gehen. Sicherlich wollte sie an ihren Akten weiterarbeiten. Eine Frage stellte ich aber noch: »Ich brauche Informationen zu einer Person und ihrem Aufenthalt, wo kann ich diese unproblematisch bekommen?« In den USA würde ich diese Informationen selber ermitteln müssen, doch wer weiß wie es in Frankreich abläuft. *Nun ja Fragen kostet ja bekannterweise nichts.*

»Madame, gehen Sie bitte zum Rathaus«, erhielt ich als Antwort.

Ich lächelte und verließ ihr Büro. Mein Weg führte mich nun zum Rathaus, dort wollte ich endlich mehr über Alice Bernard erfahren. Auf dem Weg dorthin hatte ich ein etwas mulmiges Gefühl. *Auch wenn mir zwar Madame Julian gesagt hat, dass ich dort Informationen bekomme – was, wenn mich dort niemand versteht? Was, wenn mir keiner Auskunft geben kann?*

Auf dem Weg zum Rathaus sah ich einen großen Wochenmarkt, der Geruch von frischem Crêpe lockte mich an. *Soll ich mir einen Crêpe holen?* Ich konnte nicht widerstehen, also ging ich zuerst auf den Wochenmarkt und hielt Ausschau nach dem Crêpe-Stand.

Plötzlich rief eine ältere Dame, die Wurstwaren an ihrem Stand verkaufte: »Jeanette, Jeanette!« Ich drehte mich verwirrt um. *Woher kannte sie meinen Namen bzw. hat sie wirklich mich gemeint?* Ich schaute mich um, sicherlich meinte sie mich. Sie winkte mir lächelnd zu. *Komisch.* Ich lächelte zurück und ging weiter zum Crêpe-Stand. Dieser Duft war einfach verlockend, ich kaufte mir einen Crêpe und machte mich auf den Weg. Mit dem Crêpe in der Hand ging ich Richtung Rathaus und stellte mir immer noch die Frage: *Woher kannte diese Frau meinen Namen? Vielleicht durch meinen Dad? Hm, unmöglich. Ich war noch nie hier in Paris, und so einflussreich war Dad nun wieder auch nicht, oder doch?* Nach dem ersten Bissen verschwanden diese Gedanken, jeder Bissen war einfach genussvoll.

Nun stand ich da, vor dem überwältigenden Gebäude – dem Rathaus. Ich ging Richtung Eingang, doch die Türen waren verschlossen. Das Rathaus hatte zu. Welch eine Enttäuschung, so werde ich Alice nie finden. Ich wollte sie doch unbedingt finden. Mir kam der Gedanke, auf dem Wochenmarkt nach ihr zu fragen, vielleicht habe ich Glück und jemand kennt sie. Im Nachhinein

ein naiver Gedanke – als gäbe es nur eine Alice Bernard. Ich suchte den Stand der Dame auf, die mir zugelächelt hatte.

Sie bediente gerade einen Kunden, als dieser ging, näherte ich mich ihrem Stand und fragte freundlich: »Alice Bernard?«

Sie strahlte, lächelte mich an und nannte mir einen Namen: »Philippe, oh, Philippe, un moment.«

Wer war wohl dieser Philippe? Ihr Ehemann? Ich wartete, denn anscheinend wollte sie, dass ich mit ihr auf Philippe wartete. Es verging eine halbe Stunde. Mir war das Ganze unangenehm, denn die Dame beobachtete mich. Auch wenn sie Kunden bediente.

Auf einmal ertönte eine Stimme: »Maman?« Ein großer, gutaussehender junger Mann kam zum Stand. Er hielt eine Box in der Hand.

Die Dame grinste und zeigte mit dem Finger auf mich. »Jeanette?« Er schien schockiert gewesen zu sein.

Ich bin doch kein Geist. »Nein, mein Name ist Jeane, ich heiße nicht Jeanette.« Komisch, jetzt wurde mir erst klar, dass sie vorhin ›Jeanette‹ gerufen hat und nicht ›Jeane‹.

Er brachte die Box zu seiner Mutter. »Entschuldigen Sie bitte. Mein Name ist Philippe, Sie sehen jemandem sehr ähnlich, den ich kenne.«

Ich lächelte ihn an, ohne mir was dabei zu denken. »Das kann vorkommen. Ich bin froh, dass Sie mich verstehen, das macht es mir viel leichter.« Was für schöne Augen er hat – Philippe hat grüne Augen und dunkelblondes Haar. *Genau mein Typ. Moment, Jeane, denke dran, warum du hier bist. Du hast keine Zeit zum Flirten.* »Philippe, ich wollte zum Rathaus.«

»Oh, oui, heute ist geschlossen und am Wochenende auch.«

Ich murmelte vor mich hin: »So wird das einfach nichts.«

Philippe deutet mit seinem Zeigefinger auf sich. »Vielleicht kann ich Ihnen auch helfen? Brauchen Sie etwas Bestimmtes?«

Ich wollte einem Fremden nicht meine Lebensgeschichte erzählen, auch wenn er noch so gut aussah und nett schien. Aber vielleicht konnte er mir doch weiterhelfen. Ich dachte an meine Geburtsurkunde und den Ort, an dem ich geboren bin. Für jemanden, der in Paris lebt, wird das sicherlich leicht sein, mir den Ort zu zeigen.

Wie hieß der Ort gleich noch mal – ah, genau, Saint-Germain.

»Ich muss zum Stadtteil Saint-Germain«, sagte ich.

Er zog seine Augenbrauen hoch. »Ich kann Sie dahin bringen, passt es Ihnen morgen?«

Ich bedankte mich und war erleichtert, meine Suche schien vorwärts zu gehen. »Rufen Sie mich an oder fragen am Empfang nach Jeane Wilson, dann sehen wir uns morgen?«

Er nickte.

Ich war froh, voller Euphorie ging ich los.

»Ähm, Jeane, ich brauche Ihre Nummer und Ihren Aufenthaltsort. Sie meinten, ich soll am Empfang nach Ihnen fragen?«, rief er mir hinterher.

O nein, wie peinlich und unüberlegt. Dieser Typ kann doch nicht wissen wo ich zurzeit wohne. Na gut, da muss ich nun durch. Ich lief zurück zum Stand und lächelte Philippe verlegen an. »Stimmt, Sie brauchen meine Nummer, haben Sie was zum Schreiben?«

Er holte Stift und Papier vom Stand, so notierte ich die Nummer auf dem Zettel und den Namen des Hotels in dem ich untergekommen bin. *Hoffentlich bringt mich das weiter ... Alice, wo bist du?*

Kapitel 4
WAR ALLES UMSONST?

Philippe holte mich am nächsten Tag ab, und wir fuhren mit seinem Auto nach Saint-Germain. Während der Fahrt bekam ich überwältigende Eindrücke von Paris. *Also hier liegen meine Wurzeln.* Zwar war ich den Tumult der Großstädte gewohnt, aber Paris war etwas ganz anderes und völlig Neues für mich. Sicherlich wegen Alice und weil ich hier mehr über mich selbst und meiner Herkunft erfahren werde. Eine kurze Zeit herrschte Stille zwischen Philippe und mir.

»Und, Jeane, erzählen Sie mal, was treibt sie nach Paris? Vor allem, was wollen Sie in Saint-Germain? Schließlich ist das eines der nobelsten Stadtteile Paris'«, fragte Philippe neugierig.

Ich war etwas überfordert und stotterte: »Ich, also ich … Ich möchte dort nach etwas suchen.«

Philipe lächelte. *Wie süß diese Grübchen, diese Augen … Jeane, nein! Hör auf, konzentriere dich!* »Darf ich auch fragen, nach was – oder noch konkreter – nach wem?«

Um von dieser Fragerei abzulenken und auch um zu verhindern, dass ich mich in ihn verliebte, antwortete ich stumpf: »Nein, das geht Sie doch nichts an.« *O nein, Jeane, was hast du getan? Der arme Philippe kann doch nichts dafür.*

Er reagierte zum Glück gelassen. »Natürlich, Sie haben recht.«

»Nein, es tut mir leid. Ach, wissen Sie was, Philippe, wir können uns doch duzen. Na ja, ich meine, wenn Sie mich schon freundlicherweise herumfahren.«

»Ja, sehr gerne«, antwortete er.

Der arme Kerl ist so freundlich zu mir, da ist es wohl das Mindeste, wenn ich ihm auch mit Freundlichkeit begegne, und nur so kann ich mehr über ihn erfahren und ihm mein Vorhaben und meine Geschichte vielleicht anvertrauen.

Als ich gestern im Hotel war, recherchierte ich mit meinem Laptop. In das Feld der Google-Suche gab ich den Namen ›Alice Bernard‹ ein. Natürlich gab es über hundert Treffer. Ich versuchte es mit mehreren Kombinationen, Name und Name der Stadt, und auch über die Bilder-Suche.

Ich meine, na ja, was kann schon schiefgehen, denn ich habe rote Haare und muss nach ihr gekommen sein, also wird sie auch rote Haare haben. Ach Moment, ich könnte auch nach meinem Vater gekommen sein. Auf meiner Geburtsurkunde ist aber kein Vater eingetragen. Oh, Jeane, konzentriere dich. Diese Gedanken lösten Verzweiflung in mir aus, da ich keinen Anhaltspunkt hatte.

Ich klickte mich durch die Seiten, bis mir plötzlich ein Bild auffiel. Eine Frau mit roten Haaren lächelte in die Kamera, neben ihr standen zwei Männer. Einer dieser Männer hatte einen schwarzen Bart und trug einen Anzug, der andere war ein etwas älterer Herr mit einer Halbglatze, grauen Haaren und Brille.

Ich klickte das Bild an und gelang zu einem Zeitungsartikel. Meine Suche war wohl erfolgreich, der Text beinhaltete: »Alice Bernard, Angestellte im noblen Restaurant, rettet Mann das Leben«. Weiter im Text wurde erwähnt, dass es sich bei den beiden Männern auf dem Bild um die Inhaber des Restaurants handelt. *Bestimmt ein italienisches Restaurant; der Name lautet Ristorante Franco und wird betrieben vom Sohn Antonio Franco und dem Vater Matteo Franco. Interessant. Das könnte meine erste Spur sein und mein erster Erfolg. O Mist, der Artikel ist aus dem Jahr 2005, also sieben Jahre her.*

Ich notierte mir jede Information, die ich aus dem Text bekommen konnte und war müde von der Recherche, doch ich wusste genau, dass es mich vielleicht ein Stück näher zu Alice führen würde. Ich konnte nur noch an morgen denken und an Philippe – er kam mir einfach in den Sinn, diese Freundlichkeit und seine zuvorkommende Art.

Nun saß ich im Auto und habe Philippe das ›Du‹ angeboten. Für einen kurzen Moment war mir das Ganze unangenehm. Ich kannte ihn doch kaum.

»So, Jeane, wir sind da. Wo genau müssen wir hin?«, unterbrach er meine Gedanken.

Wir? Will er mich nicht allein lassen? »Ich möchte gerne zu einem Restaurant, vielleicht kennst du das Ristorante Franco?«

Er blickte zu mir, zog seine Augenbraue hoch und richtete seinen Blick wieder auf die Straße. »Wenn du Hunger hast, dann hätte ich dir günstigere Alternativen zeigen können. Das Ristorante Franco ist sehr edel und teuer.« Dabei lachte er.

»O nein, versteh mich nicht falsch, Philippe, ich muss dort mit dem Inhaber sprechen.«

Er sagte nichts und parkte das Auto perfekt in eine Parklücke ein. Wir gingen ein Stück durch die Gassen, bis wir beim Restaurant ankamen. Natürlich, wie konnte es auch anders sein, das Restaurant war geschlossen und öffnete erst am Abend um 17 Uhr. Und wir hatten 12 Uhr. Philippe schaute durch die Glasscheiben des Restaurants, so als würde er kontrollieren wollen, ob jemand im Restaurant ist.

»Was sollen wir machen, Philippe? Ich muss unbedingt mit dem Inhaber sprechen.«

Er überlegte kurz. »Na, ganz einfach, ich zeige dir Saint-Germain.«

Mir wurde warm und mein Herz klopfte. *Ist das ein Date?*

»Keine Sorge, Jeane, das ist kein Date. Wenn wir schon hier in diesem Stadtviertel von Paris sind, möchte ich dir die Gegend zeigen.«

Jetzt raste mein Herz. *Konnte er etwa Gedanken lesen?* »Na dann, los, zeig mir Saint-Germain«, erwiderte ich ganz lässig.

Philippe und ich verbrachten den Mittag zusammen. Zuerst gingen wir durch die Gassen und kamen an vielen Läden – Chanel, Dior usw. – vorbei. Für mich war das nichts Neues, da ich alles von zu Hause kannte. An einigen Plätzen waren Cafés, die Leute saßen an ihren Tischen und unterhielten sich.

Philippe merkte schnell, dass mich die Stadt nicht sehr beeindrucken konnte, so gingen wir zum Schloss Saint-Germain-en-Laye. Ein überwältigendes Gebäude, so riesig und mit einem wunderschönen Vorgarten mit einem saftig grünen und gepflegten Rasen. Wir standen an einem Punkt mit gutem Ausblick.

»Ich wollte dir unbedingt dieses Gebäude zeigen.« Er wirkte nachdenklich.

»Ein wunderschönes Schloss«, antworte ich. Aber ich merkte, dass er bedrückt war. »Was ist los?«

Er blickte zu mir und seufzte. »Weißt du, als Kind bin ich mit meinem Vater hierhergekommen. Wir hatten nicht viel Geld, und immer, wenn wir hier genau an dieser Stelle standen«, er zeigte mit dem Finger nach unten, sagte er zu mir: »Mein Junge, schließ die Augen und stell dir vor, du bist ein Prinz. Stell dir vor, du lebst in diesem riesigen Gebäude, aber du kannst aus diesem Schloss nicht entkommen, du bist gefangen. Und jetzt öffne deine Augen. Wir sind nicht reich und haben kein Schloss, aber wir haben dich, du bist unser Prinz, und wir können träumen. Vergiss nie, dass Reichtum auch automatisch Freiheit bedeutet. Nur jemand, der träumen kann, ist frei.«

Ich war tief gerührt, denn ich war nie richtig frei. »Was für tiefgründige Worte. Was ist aus deinem Dad geworden?«

Philippe schaute mich an, lächelte und antwortete mit einer leisen Stimme: »Er ist frei.« Dann blickte er auf das Schloss. »Mein Vater ist gestorben, ich vermisse ihn.«

Wie konnte mir Philippe so viel anvertrauen und so viel für mich tun, und ich hielt alles vor ihm geheim. Da platzte es aus mir heraus: »Ich bin aus einem bestimmten Grund nach Frankreich gekommen. Ich bin auf der Suche nach meiner leiblichen Mutter. Sie gab mich vor 28 Jahren zur Adoption frei. Das Einzige, was ich weiß, ist, dass ich hier in Saint-Germain geboren bin und dass Sie Alice Bernard heißt.«

Philippe schaute mich mitleidig an, deswegen fuhr ich schnell fort: »Schon gut, ich wusste relativ früh über meine Adoption Bescheid, aber ich möchte sie unbedingt kennenlernen.«

Wäre das nicht der perfekte Moment, mich in den Arm zu nehmen?

Philippe schaute schnell auf seine Uhr. »Danke für deine Ehrlichkeit, wir müssen jetzt los.«

Ich war etwas verwirrt über seine plötzlich distanzierte Art. *Danke für deine Ehrlichkeit? Ist das dein Ernst? Mehr nicht?* »Ja, lass uns gehen.«

Es war Punkt 17 Uhr. Ich war sehr aufgeregt, als wir vor dem Restaurant standen. Tatsächlich öffnete ein Mann die Türen aus Glas, er sah aus wie der Mann mit dem schwarzen Bart – deutlich älter, aber ja, er war es. Ich wusste nicht, ob er nur Französisch sprechen konnte oder auch englisch.

»Antonio?«, fragte ich.

Er schaute zu mir rüber und war erstaunt. »O mon dieu!«

Völlig verzweifelt schaute ich zu Philippe rüber. Der Mann wirkte sichtlich verwirrt und beachtete mich nicht, so unterhielt er sich mit Philippe. Ich wollte zwar zuhören, aber war in dem Moment noch nachdenklich und nicht ganz bei der Sache. Wieso dachte ich nur permanent an Philippe. Zwischendurch fiel der Name Alice: War das ein Jeane oder Jeanette? Antonio wirkte plötzlich traurig und schüttelte den Kopf. Ich platzte vor Neugier und konnte es kaum abwarten, bis Philippe mir berichtete. Ich Dussel hatte mit meiner Träumerei und Schwärmerei völlig vergessen, weswegen ich hier war – selbst schuld: »Jeane, lass uns gehen, ich werde dir auf dem Weg alles erklären.«

Ich war etwas überfordert, aber wir gingen los. Trotzdem blickte ich zurück und sah Antonio dort stehen. Das Bild aus dem Internet zeichnete sich mir vor Augen. Als wir ein Stück gingen, fragte ich Philippe, was los ist: »Philippe, erzähl mir bitte alles, was Antonio gesagt hat.«

»Also, er hat mir einiges über Alice erzählt. Sie hat tatsächlich jahrelang in dem Restaurant gearbeitet. Eines Tages bekam ein Kunde einen Herzinfarkt, aber Alice rettete ihm das Leben, weil sie erste Hilfe leisten konnte. Antonio hat mir erzählt, dass sie eigentlich Krankenschwester war, aber nicht mehr in dem Beruf arbeiten konnte, daher konnte sie dem Mann sofort das Leben retten.«

Mein Herz klopfte. »Und weiter?«

Er atmete tief ein und aus. »Na ja, es ist so, dass Alice gekündigt hat und Antonio keine Kontaktdaten von ihr hat. Das Krankenhaus, bei dem sie vorher gearbeitet hat, ist vor Jahren geschlossen worden.«

Plötzlich spürte ich einen Stich in meinem Herzen. *War alles umsonst?*

Kapitel 5

HOFFNUNG – ALLES, WAS MIR BLEIBT

War denn wirklich alles umsonst? Die Freude, die ich heute gespürt habe, ist einfach verflogen. *Ich hatte eine Spur und die hätte mich zur dir geführt. Alice, wo bist du?*

Philippe merkte, wie traurig ich wurde. »Jeane, du wirst noch alles erfahren.«

Ich blickte ihn skeptisch an. »Was meinst du damit?«

Er wurde nervös und meinte: »Du wirst noch alles erfahren? Vielleicht habe ich mich falsch

ausgedrückt. Ich meinte damit, du wirst hoffentlich noch alles erfahren.«

Ich wurde skeptisch. *Verheimlichst du mir
etwas? Oder war es wirklich nur ein Versprecher?
Ich frage dich jetzt lieber nicht aus, denn ich fühle
mich wie eine Versagerin.*

Philippe und ich redeten während der Fahrt
kein Wort miteinander. Er fuhr mich bis zum Hotel.
Kurz bevor ich aus dem Auto aussteigen wollte,
war ich noch in Gedanken versunken. Ich merkte
nicht mal, dass mich Philippe am Arm hielt. *Er
hält mich fest? Was ist denn jetzt los?*

»Jeane, sei bitte nicht enttäuscht, es tut mir
wirklich leid.«

Ich entschied mich, nicht aus dem Auto aus-
zusteigen. »Du kannst nichts dafür, dir braucht
also nichts leidzutun. Und außerdem danke ich
dir für den schönen Tag. Du hast mir persönliche
Dinge erzählt und dich mir geöffnet. Ich werde
es weiter versuchen und meine Mutter finden,
also alles gut.«

Er blickte mir tief in die Augen. »Jeane, ich bin
selber erstaunt, aber irgendwie fühle ich mich in
deiner Nähe wohl, so als würde ich dich schon
ewig kennen.«

Als würdest du mich ewig kennen? Du hast gerade mal einen Tag erst mit mir verbracht und bringst schon solche Sätze. Typisch französische Männer – na ja, ich weiß nicht, wie französische Männer ticken.

Dann fuhr er fort: »Willst du morgen zum Essen vorbeikommen? Meine Mutter würde sich sicherlich sehr freuen. Ich hoffe, du hast noch nichts vor.«

Seine Einladung überraschte mich. *Hast du dich etwa in mich verliebt, Philippe? Wie kann ich jetzt noch trotzig sein? Und wer weiß, vielleicht lenkt mich das ab und ich kann einen Tag genießen, ohne an Alice denken zu müssen.* »Sehr gerne, ich würde sehr gerne zum Essen kommen. Holst du mich ab?« Ich konnte ihm seine Freude anmerken.

»Natürlich hole ich dich ab.« Er näherte sich mir langsam. *Oh, wirst du mich jetzt küssen?* Er näherte sich mir und mein Herz klopfte so stark, denn mit einem Kuss oder einer Romanze in Paris habe ich nun wirklich nicht gerechnet. Ich näherte mich ihm auch und schloss langsam meine Augen, weil ich dachte, dass er mich küssen wird – doch dann spürte ich eine Umarmung. *Philippe, dein*

Ernst? Eine Umarmung, nur eine Umarmung? Wie peinlich, ich wünschte, ich könnte verschwinden. Ich umarmte ihn auch.

»Äh, also ich, ähm … Ja, ich geh dann mal, bis morgen.« Ich deutete mit den Daumen in Richtung Hotel und stieg schnell aus dem Auto aus. Im Hotelzimmer ließ ich mich mit dem Rücken aufs Bett fallen und starrte die Decke an. *Morgen also gehe ich zu Philippe.*

Am Morgen danach wachte ich trotz der Enttäuschung gut gelaunt auf. Ich nahm ein Bad, danach machte ich mich fertig für das Essen. Ich beschloss ein rotes Kleid anzuziehen. *Jeane, Rot ist doch zu viel? Andererseits: Es ist deine Lieblingsfarbe und darin fühlst du dich am wohlsten.* Ich war pünktlich fertig, und Philippe wartete im Auto an der gleichen Stelle wie gestern Abend. Ich näherte mich dem Auto, da stieg er aus.

»Wow, Jeane, du siehst umwerfend aus.«

So, so, nach der Umarmung gestern willst du heute also flirten? »Danke, ich freue mich auf das Essen.«

Er lächelte und öffnete mir die Autotür. *Was für eine Wandlung, jetzt will er sich bei mir ein-*

schmeicheln. Wir fuhren ein Stück aufs Land, weg von der Stadt. Ich mochte das Ländliche, denn die Wiesen und Bäume strahlten alle in einem saftigen Grün und die Blumen in prächtigen Farben.

Philippe erklärte: »Wir wohnen etwas außerhalb der Stadt. Meinem Vater gehörte ein Stück Land, das er uns hinterlassen hat, und ich weiß, du bist vielleicht einen anderen Standard gewohnt, als wir ihn haben.«

Ich unterbrach ihn: »Ist schon gut, Philippe, genau so mag ich es. Ich weiß, was du sagen möchtest. Um ehrlich zu sein, wollte ich schon immer aufs Land und dort leben.«

Wir fuhren in eine Einfahrt, dort sah ich ein kleines gelbes Haus mit einer grünen Tür, rundherum ein Bogen aus Steinen.

»Da sind wir. Maman wartet sicherlich schon sehnsüchtig auf uns.« Philippe öffnete die Türe, und der Duft von frisch gebratenem Hähnchen lag in der Luft.

»Das duftet köstlich!«

Und schon kam Philippes Mutter aus der Küche, strahlend und lächelnd empfing sie mich. Sie umarmte mich und gab mir ein Küsschen links und rechts. Ich war überfordert, aber doch ergriffen von dieser Freundlichkeit. Wir gingen ins Wohnzimmer. Dort standen ein Esstisch und ein Kamin. Über dem Kamin waren Bilder aufgestellt. Es war zwar nicht die modernste Einrichtung, aber trotzdem sehr gemütlich. Philippes Mutter hatte bereits den Tisch gedeckt. Sie ging wieder in die Küche, und auch Philippe ging aus dem Zimmer.

»Jeane, ich komme gleich, muss nur schnell Maman in der Küche helfen, setz dich bitte und mach's dir gemütlich.«

Nun stand ich da, allein im Wohnzimmer. Ich blickte in Richtung des Kamins, die Bilder weckten mein Interesse, so ging ich näher hin und betrachtete diese. Auf einigen Bildern war Philippe als Kind zu sehen und auf anderen die Familie, also Philippe mit seinen Eltern. Aber ein Bild stach mir besonders ins Auge. Ein Portrait in Schwarzweiß, das die Silhouette einer Frau zeigt. *Wer mag das wohl sein?*

Ich wollte mir das Bild genauer anschauen, doch plötzlich hörte ich: »Jeane!« Ich erschrak, es war Philippe.

»Komm her und setz dich bitte.« *Wie schnell kam er bitte aus der Küche, das war doch nur ein kurzer Augenblick, noch nicht mal seine Schritte habe ich gehört.*

Ich fühlte mich auf einmal komisch. Zwar hatte ich nichts getan, aber aus irgendeinem Grund fühlte ich mich schuldig. Ich ging zum Esstisch und setze mich hin. Philippe ging zu den Bildern und legte genau das eine Bild mit der Frau so hin, dass man es nicht mehr sehen konnte. *Eigenartig, was ist plötzlich mit ihm los?* Ich blickte skeptisch zu ihm rüber und wollte ihn ansprechen, da kam schon die Mutter strahlend aus der Küche mit der Salatschüssel in der Hand. Philippe und seine Mutter setzten sich zu mir an den Tisch.

Wir aßen und hatten eine gute Unterhaltung – ich fühle mich wohl hier. Das hat mir gefehlt; einfach das Gefühl der Geborgenheit und das Gefühl, bemuttert zu werden. *Ich verstehe zwar nicht, wieso Philippe teilweise so komisch zu mir ist, aber auch das werde ich noch herausbekommen.* Ich half der Mutter beim Abräumen und Philippe übernahm den Abwasch. Die Mutter war aus der Küche verschwunden.

Anschließend fragte Philippe: »Jeane, sollen wir ein bisschen in den Garten gehen?«

»Gerne, kommt deine Mutter mit? Wo ist sie eigentlich?«, fragte ich zurück.

»Sie muss ihre Tabletten nehmen, danach ist sie immer sehr müde und legt sich kurz hin.«

Ich merkte, dass Philippe angespannt war, deswegen habe ich nicht weiter gefragt, obwohl es mich interessierte. Wir gingen in den Garten und unterhielten uns.

»Weißt du, Jeane, meine Mutter hat damals alles getan, damit ich ein gutes Leben habe. Nach dem Tod meines Vaters hat sie zwei Jobs auf einmal gehabt und zusätzlich unseren Stand betrieben, und das alles nur, damit ich studieren konnte. Ich habe mein Jurastudium beendet, aber arbeite nicht als Jurist.«

Ich war verblüfft, denn damit hatte ich nicht gerechnet – gutaussehend und gebildet.

Er erzählte weiter: »Meine Mutter wurde schwer krank, seitdem helfe ich ihr aus und übernahm unseren Familienbetrieb. Ich möchte für sie da sein und die Zeit genießen, auch wenn es heißt, dass ich sehr eingeschränkt bin und auf vieles im Leben verzichte.«

»Du hast es nicht leicht gehabt, Philippe. Der Tod deines Vaters hat euch beiden schwer zugesetzt, aber was ist mit dir? Ich möchte direkt sein und natürlich verstehe ich die Liebe und Fürsorge zu deiner Mutter. Aber du kommst bei all dem zu kurz, denkst du auch mal an dich? Willst du kein eigenes Leben, eine eigene Familie vielleicht? Bitte entschuldige, falls ich dich damit bedränge.«

Er blickte kurz zu mir. »Es ist alles gut. Ich schätze deine Offenheit. Zu deiner Frage: Doch, ich sehne mich oft nach einer eigenen Familie, aber so leicht ist das nicht.«

»Wieso soll es nicht leicht sein? Du bist ein gutaussehender junger Mann, also ich als Frau wäre nicht abgeneigt und bestimmt stehen die Frauen bei dir an.«

O nein, habe ich das wirklich gerade gesagt – Jeane, du hast dich blamiert, wieso bist du nur so ein Plappermaul? »Tut mir leid, ich will dir nicht zu nahetreten, Philippe. Ich weiß nicht, was ich sagen soll, aber es ist so, dass du mich vom ersten Moment an überwältigt hast. Du hast so eine zuvorkommende und liebe Art. Sicherlich kommst du nach deinen Eltern. Ich weiß nicht, wieso ich das eben gesagt habe, und es ist mir auch etwas peinlich.«

Er stand vor mir und mein Herz klopfte wie wild. »Dir muss es nicht peinlich sein.« Er näherte sich mir und plötzlich küsste er mich. *Er küsst mich!*

»Philippeee? Jeanneee?«, hörten wir die Mutter rufen, und auf einmal war der Moment kaputt. Ich entfernte mich schüchtern von ihm, und er blickte mich an, doch dann drehte er sich wortlos um. Ich weiß nicht, wieso, aber das Bild auf dem Kamin kam mir in den Sinn. Ich musste ihn darauf ansprechen und auch auf seine Reaktion darauf. Ich wurde nicht schlau aus ihm, erst wirkte er freundlich, dann distanziert und abweisend und jetzt küsste er mich und nun ist er wieder kalt zu mir.

»Philippe, bitte sei ehrlich zu mir. Wer war das auf dem Bild und wieso hast du so reagiert?«

Er wirkte nervös. »Jeane, ich weiß nicht, wie ich es dir erklären soll.«

»Versuch es bitte, ich möchte wissen, wieso du so reagierst. In dem einen Moment bist du offen, im anderen Moment distanziert.«

Er schaute mir in die Augen. »Das Bild … Also auf dem Bild ist eine Frau zu sehen, diese Frau …«

Mein Herz klopfte wie wild. »Ja, wer ist diese Frau?«

»Diese Frau ist … Sie ist meine Verlobte.«

Mein Herzklopfen fühlte sich plötzlich wie ein Herzstich an. »Du bist verlobt? Was heißt das bitte, erkläre es mir?!«

Er wollte mich berühren, aber ich blockte ab. »Ja, ich bin verlobt. Jeane, es tut mir leid, aber du ähnelst ihr sehr stark. Ich wollte nicht, dass es so weit kommt, aber ich habe dich einfach in dem Moment verwechselt. Bitte entschuldige.«

Also jetzt reicht es, du Mistkerl. Du hast nicht mich gesehen, sondern deine Verlobte. Ich bin also unscheinbar für dich! »Und wieso hast du mir nicht die Wahrheit gesagt? Wieso küsst du mich? Wieso bist du so nett zu mir? Ich verstehe es nicht.«

Er wirkte traurig. »Es ist nicht so leicht, wie du denkst, und ich wünschte, ich könnte es dir erklären.«

Ich wollte nur wieder zurück ins Hotel und mich auf das Wichtige konzentrieren. »Philippe, bitte fahr mich zurück.«

Wir gingen rein, dort verabschiedete ich mich von der Mutter. Sie hat gemerkt, dass etwas nicht stimmte, aber mir war es in dem Moment nicht mehr wichtig, was sie dachte. Wir fuhren zurück zum Hotel. Die ganze Fahrt über sprach keiner ein

Wort. *Jeane, sei nicht so hart zu ihm. Denk dran, was Mom dir immer beigebracht hat: Ärgere dich in dem Moment, aber ärgere dich nicht mehr danach.*

»Philippe, das alles hätte nicht passieren dürfen, weder von deiner Seite noch von meiner Seite. Ich lebe in New York, habe dort mein Leben und du dein eigenes hier. Und mein eigentliches Ziel ist es, in Frankreich meine leibliche Mutter zu finden und Antworten auf meine Fragen zu bekommen. Ich danke dir für das, was du bisher getan hast, trotz allem.«

»Jeane, verzeih mir.«

Ich stieg aus dem Auto und beugte mich so, dass er mich noch sehen konnte. »Komm gut nach Hause und leb wohl, Philippe.« Dann machte ich die Türe zu und ging wieder in mein Hotelzimmer. Der heutige Tag war eine große Ablenkung, aber morgen gehe ich zum Rathaus. *Da werde ich endlich erfahren, wo du steckst, Alice, das hoffe ich zumindest. Die Hoffnung ist alles, was mir bleibt.*

Kapitel 6
WAS IST WOHL PASSIERT?

Die Nacht war dunkel und der Sternenhimmel klar. Ich konnte nicht einschlafen, also beobachtete ich die Sterne. *War es wegen der Aufregung von gestern? Oder einfach nur, weil ich dir ein Stück näherkomme, Alice. Heute würde der entscheidende Tag sein. Heute werde ich hoffentlich beim Rathaus erfahren, wo du bist.* Ich klappte meinen Laptop auf und betrachtete das Bild, auf dem Alice mit Antonio und Matteo in die Kamera lächelte. Dieses Bild habe ich mir für alle Fälle abgespeichert. *Ich sehe die Ähnlichkeiten zwischen dir und mir – wieso hast du mich damals nur weggegeben? Mom und Dad sind besondere Menschen und haben mir ein gutes Leben ermöglicht, aber meine Herkunft kann ich nicht leugnen, und mein ganzes Leben war so, als würde ein Puzzleteil fehlen, als würde ich mich unvollständig fühlen.*

Ich wachte am nächsten Morgen völlig müde auf, da ich wohl irgendwann eingeschlafen war. Ich war noch keine Woche in Paris und es fühlte sich alles überwältigend an, vor allem die Tatsache, dass ich mich fast auf einen vergebenen Mann eingelassen hätte. Aber irgendwas hatte mich an ihm fasziniert, und anscheinend ähnle ich seiner Verlobten. Sie muss dann wohl Jeannette heißen, ansonsten hätte mich seine Mutter auf dem Markt nicht so gerufen. *Du musst wohl sehr bezaubernd sein. Das erklärt natürlich einiges! Siehst du, Jeanne, völlig harmlos, die Menschen hier haben dich einfach nur verwechselt.* Plötzlich dachte ich an Antonio und an Philippes komisches Verhalten. Mein Gefühl verriet mir, dass er mir etwas vorenthielt. Nur was?

Ich frühstückte in einem Café in der Seitenstraße nahe dem Rathaus. Obst, Croissant und

Kaffee. *Bei jedem Schluck Kaffee wusste ich, sobald ich diesen leer getrunken habe, werde ich mehr über dich erfahren.* Nun saß ich hier, und irgendwie hatte ich ein komisches Gefühl, ein Gefühl der Freude, aber auch Nervosität. Ich war in Gedanken versunken. Auf einmal kam eine Taube angeflogen, welche meine ganze Aufmerksamkeit hatte. Sie ging völlig elegant ihren Weg mit wackelndem Kopf auf der Suche nach Krümeln. Ich beobachtete diese Taube. »Na, du Täubchen.« *Die Leute müssen doch denken, ich sei verrückt, jetzt rede ich schon mit Tauben.* Das mag sich verrückt anhören, aber ich erkannte mich in dieser Taube wieder. Ich bin auch nach Paris geflogen, in einem eleganten Stil, auf der Suche nach meiner leiblichen Mutter. *Ähm, Moment, vergleichst du jetzt Alice mit einem Brotkrümel und dich mit einem Tier? O Gott, wie weit ist es schon mit dir gekommen.* Die Taube fand jedoch keine Krümel und flog weg.

Ich fasste den Mut und ging auch weiter zum Rathaus. Jetzt stand ich wieder hier vor diesem riesigen Gebäude, doch diesmal würde ich reingehen und hoffentlich mit guten Nachrichten rausgehen. Es fing an zu regnen, ich hatte mir glücklicherweise vorsichtshalber einen Schirm mitgenommen. Im Rathaus verstanden mich die Mitarbeiter, doch ich erhielt keine Auskunft über Alice – aus datenschutzrechtlichen Gründen. Ich konnte mich nicht ausweisen und somit nicht zweifelsfrei nachweisen, dass ich Alice' leibliche Tochter sei, und das, obwohl ich die Geburtsurkunde in der Hand hielt. Mir kam Marie Julian in den Sinn, die Leiterin der Polizei. Ich versuchte der Mitarbeiterin des Rathauses zu erklären, dass ich mit Marie Julian geredet habe und schrieb ihr die Telefonnummer auf. Nach einer Diskussion, die ich für mich entscheiden konnte, rief die Mitarbeiterin bei der Polizeidirektorin an. *Was dauert da denn so lange?* Ich konnte vor Aufregung kaum stillsitzen.

Als die Dame endlich auflegte, sagte sie: »Na gut, Madame Wilson. Ich werde Ihnen Auskunft erteilen.«

Sie tippte und tippte und tippte, danach wollte sie meine Geburtsurkunde sehen. Ich reichte ihr das Dokument rüber, sie schaute sich die Geburtsurkunde an und tippte weiter, dann gab sie mir das Dokument zurück. Sie schrieb etwas auf einen kleinen Zettel. »Also, Madame, ich habe nach

Alice Bernard gesucht, und ich habe leider keine guten Neuigkeiten.«

Mein Herz pochte wie wild. *Was hat das zu bedeuten?*

»Alice Bernard ist vor sechs Jahren gestorben.«

Um mich herum war es sehr laut, doch als sie diesen Satz aussprach, traf es mich. Ich war wie in Trance und sah nur noch die Lippen der Frau, wie sie sich bewegten, doch verstand kein Wort. *Wie kannst du tot sein? Ich hatte so viele Fragen an dich.*

Die Frau reichte mir den Zettel rüber. »Auf diesem Friedhof liegt sie begraben.«

Und plötzlich war ich wieder da. Ich hörte die Geräusche um mich herum deutlich. Mit einer zittrigen Stimme bedankte ich mich: »Vielen Dank, Sie haben mir in dieser Sache weitergeholfen.«

Ich ging wieder zurück ins Hotel, dort legte ich mich aufs Bett. Ich konnte es nicht fassen, es war alles umsonst. Ich hatte bereits die Hoffnung aufgegeben, und als es Gewissheit wurde, dass sie verstorben war, traf es mein Herz, obwohl ich sie nicht kannte. Das Blut schoss durch meine Adern. Ein unbeschreibliches Gefühl voller Beklommenheit.

Ich habe Mom verloren und jetzt auch noch dich, Alice. Ich war fassungslos. Meine ganzen Recherchen, meine Suche; alles war umsonst.

Am gleichen Morgen, als ich die Nachricht erhielt, rief ich Gordon über FaceTime an, der zu dem Zeitpunkt wahrscheinlich schon am Schlafen war. Ich war ja schließlich in Frankreich und er in den USA. Gordon ist mein bester Freund, er ist Designer für Mode und schwul, ab und an benahm er sich wie eine Diva, vor allem, wenn es um seinen kostbaren Schlaf ging. Aber auf ihn konnte ich mich verlassen, egal wann und egal wie. Gordon kenne ich seit der High-School.

Damals kam er zu mir her und sagte: »Hi, ich bin Gordon, aber alle nennen mich Gordi.«

Ich weiß noch, wie ich ihn schräg anschaute und meinte: »Alle? Du bist doch ständig alleine und hast keine Freunde.«

»Doch, jetzt habe ich dich als Freundin.« Und er zwinkerte. Mit welch Selbstverständlichkeit und Selbstvertrauen er mich ansprach. Seit diesem Tag ist er mein engster Freund. Er hatte sich mir anvertraut, bevor er sein Coming-out hatte, und genauso sehr vertraue ich ihm.

Es klingelte ein paar Mal. Kurz bevor ich auflegen wollte, hörte ich: »Fuck, wer ruft um diese Uhrzeit an? Wehe, es ist nicht wichtig, sonst verfüttere ich dich an die Piranhas!« Gordon erschien auf meinem Handydisplay, völlig verschlafen lag er auf seinem Kingsize-Bett.

Mit einer zittrigen Stimme antwortete ich: »Gordi, hi.«

»Oh, Sweetheart, du bist es«. Er rieb sich die Augen. »Komm, erzähl mir, hast du Alice gefunden? Und wie ist sie drauf? Wie sieht sie aus? Ist sie dir ähnlich?«

Ich seufzte tief. »Sie ist tot.«

»Wie – sie ist tot? Bist du dir sicher?«, fragte Gordon.

Ich blieb stumm, was hätte ich denn noch sagen sollen.

»Jetzt schau nicht so traurig, Sweetheart, ich habe keine passenden Worte im Moment, aber eins weiß ich: Du bist verdammt noch mal eine Kämpferin und so, so stark. Mir tut es leid, denn ich hätte mir gewünscht, dass du endlich Antworten auf deine Fragen bekommst.« Er holte Rufus ans Telefon, ein schwarzer Mops. Gordon wollte mich aufmuntern, und er wusste genau wie.

»Hi, Rufus, na du?« flüsterte ich. Es tat gut, mit jemand vertrautem zu reden. »Gordi, das ist nicht alles. Ich will einfach nur nach Hause kommen.«

Er kannte mich zu gut. »Wie, das ist nicht alles? Hast du jemanden kennengelernt?«

Ich seufzte. »Ja, das habe ich. Einen gutaussehenden Franzosen, er hat mir auf der Suche nach Alice geholfen, mich zum Essen eingeladen und sogar geküsst.«

In diesem Augenblick staunte Gordon. »Ist nicht dein Ernst! Also hat diese Reise ja doch etwas Gutes.«

»Nein, ich hätte niemals herkommen dürfen, denn ich erlebe nur Enttäuschungen. Er ist verlobt, und anscheinend ähnle ich seiner Verlobten. Bitte, Gordi, sag mir, wie kann man so verlogen sein? Er hat seine Verlobte hintergangen, indem er mich geküsst hat. Aber sei's drum. Er war nett zu mir.«

Es ist auch deine Schuld, Jeane, du hast dich auf ihn eingelassen. Hättest du dich einfach nur auf Alice konzentriert, wäre dir diese Enttäuschung erspart geblieben.

»Sweetheart, es ist nicht deine Schuld, ich weiß zu gut, was du gerade denkst.«

Mir kamen die Tränen. »Gordi, ich weiß nicht, was ich tun soll. Ich fühle einfach eine Leere.«

»Ah-ah, Jeane Wilson vergießt keine Tränen, Jeane Wilson ist eine Kämpferin, vergiss das nicht. Hopphopp, geh, wisch dir die Tränen weg, iss was und geh zum Grab von Alice, dort verabschiedest du dich und dann kommst du heim, all right«, sagte er und fuchtelte mit dem Zeigefinger.

Ich lächelte, denn er wusste immer, wie er mich aufmuntern kann. »Danke, Gordi!«

Er winkte und gab mir durch die Kamera einen Kuss. »Alles gut sweety dafür sind doch beste Freunde da!« Danach legten wir beide auf.

Kapitel 7
WIESO HAST DU MICH NICHT GESUCHT?

Ich beschloss, zu ihrem Grab zu gehen und Abschied zu nehmen. Als ich mich näherte, sah ich eine Person kniend vor dem Grab. *Wer kann das wohl sein?*

Es war eine Frau, die frische Blumen aufs Grab legte. Sie trug einen geflochtenen Zopf, der ihr vorn auf die Schulter fiel und einen schwarzen Hut – typisch Französisch. Plötzlich richtete sich die Frau auf und drehte sich in meine Richtung. In diesem Moment stockte mir der Atem. *Wie kann das sein?* Die Frau sah genau so aus wie ich: dieselbe Augenform, dieselben Gesichtszüge und dieselbe Haarfarbe.

»Wer bist du?«, fragte ich erschrocken.

Sie schien nicht überrascht und ging auf mich zu. »Endlich, Jeane! Endlich begegnen wir uns.« Sie streckte ihre Arme aus und wollte mich umarmen, doch ich ging einen Schritt zurück. *Jeane, du träumst nur! Wach auf! Das ist nur ein Traum, du bildest dir das alles nur ein.*

»Jeane, bitte, ich will es dir erklären. Mein Name ist Jeanette ... Jeanette Bernard. Ich bin deine Zwillingsschwester.«

Als sie diesen Satz aussprach, blieb ich wie versteinert stehen. Sie umarmte mich, und irgendwie fühlte ich eine Wärme und Geborgenheit, mein Herz pochte und brannte zugleich. Ich löste mich von ihrer Umarmung und blickte ihr ins Gesicht. Sie lächelte und begann zu weinen. In diesem Moment brach ich auch in Tränen aus.

»Du bist meine Schwester? Aber wie kann das sein? Wieso wusste ich nichts von dir?«

Sie nahm meine Hand und sagte kein Wort. Wir gingen zum Grab von Alice. *Alice, wieso bist du nur fort? Ich habe so viele Fragen an dich, und jetzt erfahre ich, dass ich eine Zwillingsschwester habe. Was ist nur los mit dir? Wieso hast du mir das alles angetan?*

»Jeane, ich habe dir so vieles zu sagen, und ich werde dir auch deine Fragen beantworten, doch alles zu seiner Zeit. Ich möchte, dass du weißt, wer Maman war. Zwar wirst du nicht fühlen können, was wir fühlen, da wir mit ihr aufgewachsen sind, doch ich bin mir sicher, du hättest sie gemocht«.

Ich blickte das Grab an, es machte mich traurig, aber doch war ich erleichtert. Meine Suche hatte hier ein Ende gefunden, aber es fing ein neuer Kreis an. Ein Kreis voller Fragen, der unendlich schien. *Ich habe eine Schwester – unglaublich! Sie muss mir alle Fragen beantworten.* Wir beide standen still am Grab, es verging eine Weile, mir ging so vieles durch den Kopf, aber ich wollte mich völlig auf Alice konzentrieren.

Dann fing es an zu regnen. Jeanette schnappte meine Hand, wir rannten vom Friedhof in Richtung Parkplätze. Sie öffnete ihr Auto, und wir stiegen ein.

»Das ist keine Limousine, aber Hauptsache mein petite Ferrari fährt uns überall hin.« Jeanette lächelte und strich über das Lenkrad.

Sie wollte wohl lustig sein – dieses Auto ist eine reine Schrottkarre. Jeane, reiß dich zusammen und hör auf so oberflächlich zu sein.

»Wir fahren zu mir nach Hause, und dann mache ich uns einen Tee. Du wirst alles erfahren, versprochen.«

Ich nickte und sie fuhr los. *Komisch, ich kenne sie nicht und doch vertraue ich ihrem Wort.* Ich beobachtete die Straße und erkannte, dass wir uns immer mehr von der noblen Gegend Paris' entfernten. Wir fuhren in die Vorstadt, einer etwas ärmeren Gegend.

»So, hier sind wir. Bitte, Jeane, entschuldige.«
»Wofür entschuldigst du dich?«

Sie blickte auf das Lenkrad. »Na ja, ich meine, du bist sicher etwas anderes gewohnt. Wir leben hier in diesem Viertel, weil ich uns nichts anderes leisten kann.« *Wer ist wohl wir? Lebt sie nicht allein, sondern mit jemanden zusammen?*

»Nein, Jeanette, alles gut. Ich bin froh, dass wir erst mal in Ruhe reden können. Und du machst einen lieben Eindruck auf mich, da spielt es keine Rolle, wo du wohnst.«

Sie lächelte mich kurz an, dann bat sie mich aus dem Auto und zeigte in Richtung Haus. Als sie die Tür aufmachte, roch es nach Zimt und frisch Gebackenem.

Es ertönte eine männliche Stimme aus der Küche: »Schwesterherz, bist du das? Ich habe frischen Apfelkuchen gebacken.«

Wir gingen ins Wohnzimmer. Jeanette antwortete nicht. Sie legte den Zeigefinger auf ihren Mund und spitzte die Lippen; ein Zeichen, dass ich keinen Laut von mir geben soll. *Wieso soll ich ruhig sein?* Sie zeigte mit ihrer anderen Hand auf die Couch.

Ich flüsterte: »Ich soll mich hinsetzen?«

Sie nickte, also setzte ich mich hin, mein Herz raste vor Aufregung.

»Schwesterherz?«, kam erneut aus der Küche. In diesem Moment hörte ich Schritte. Der Mann kam ins Wohnzimmer. Ich richtete meinen Blick zur Türe und wurde blass.

»DU!«, schrie ich auf. Es war dieser junge Mann vom Flughafen, dieser Dieb, der mir meine Tasche geklaut hatte. Er schaute zu Jeanette rüber und wurde nervös. Kein Wunder, ich wurde rasend vor Wut.

»Du Dieb, du Gauner. Weißt du, was für Probleme du mir gemacht hast?! Gib mir sofort meine

Tasche wieder zurück!« Ich ging wütend auf ihn zu, doch Jeanette kam zu mir und packte mich an der Schulter.

»Jeane, Jeane, bitte beruhig dich.«

Ich wurde lauter. »Ich kann mich nicht beruhigen, ich werde die Polizei anrufen, das reicht. Was soll das hier?«

Auf einmal wurde ihre Stimme lauter. »Das ist unser kleiner Bruder Louis.«

Ich hatte gerade das Handy in die Hand genommen, da ließ ich es auf den Boden fallen. *Ich habe noch einen Bruder?* Ich konnte meinen Herzschlag fast hören, mir wurde schwindelig und ich fiel in Ohnmacht. Als ich wieder zu mir kam, lag ich zugedeckt auf der Couch. Mein Blick richtete sich nach rechts, dort saßen beide, Jeanette und Louis, sie schienen besorgt zu sein.

Ich richtete mich auf. »Also das war mir heute zu viel auf einmal.«

Jeanette war still, und Louis schaute beschämt auf den Boden. Er stand auf und ging in die Küche, als er zurückkam, hat er mir und Jeanette eine Tasse Tee und ein Stück Apfelkuchen gebracht.

»Jeane, es tut mir leid, dass du wegen mir so viel Ärger hattest. Ich hatte keine andere Wahl, das Klauen ist mein einziger Verdienst und mein einziger Beitrag. Ich möchte Jeanette so gerne helfen und will nicht, dass sie so hart arbeitet und krank wird wie Maman.«

Sie taten mir leid, denn ich hatte trotz allem ein besseres Leben. *Ein Anruf, und Dad hat alles geregelt: Ich habe ein teures Zimmer in einem teuren Hotel, und wenn ich mich hier so umschaue, dann fehlt es an Geld. Die Einrichtung ist schon teilweise alt, über die Gegend will ich mal nichts sagen.*

»Schon gut, Louis. Ich verzeihe dir, aber ich möchte trotz allem bitte meinen Geldbeutel zurückhaben. Nicht das Geld ist mir wichtig, sondern ein Bild darin.«

Ich sah ihm seine Erleichterung an. »Du verzeihst mir? Ich bin dir dankbar, denn Maman hat mir immer gesagt, Fehler müssen bestraft werden und man trägt für sein Handeln die Konsequenz. Ich habe deinen Geldbeutel noch im Zimmer, einen Moment.«

Louis ging den Geldbeutel holen, ich schaute zu Jeanette rüber. *Wahnsinn, diese Ähnlichkeit, ich kann es nicht glauben. Ich bin hier mit meiner Familie. Ich will alles wissen. Gordi wird platzen vor staunen, wenn ich ihm alles erzähle.*

Jetzt wollte ich endlich Klarheit. »Jeanette, bitte erkläre mir alles. Was meint Louis damit? Ich habe so viele Fragen an dich. Wer ist Alice? Wieso hat sie mich weggegeben? Wieso hast du mich nicht gesucht?«

Kapitel 8
NICHT MEHR ALLEIN

Ich weiß nicht, wo ich beginnen soll, Jeane, aber du musst alles wissen, um verstehen zu können. Ich möchte mich bei dir entschuldigen für Louis' Verhalten und dafür, dass er dich beklaut hat. Er meint es nicht böswillig, sondern wollte mir nur helfen. Ich weiß, ich sollte ihm sowas nicht durchgehen lassen und ihn auf einen anderen Weg bringen, aber er hat nur noch mich als seine Familie. Als Maman damals starb, war er erst zwölf Jahre alt, ihm fehlt außerdem unser Vater … Ihn hat er leider nie kennenlernen dürfen.

Vater war ein einfacher Fabrikarbeiter und hat von morgens bis abends gearbeitet: Ich erinnere mich noch sehr gut an den Tag, als er heimkam und mir Süßigkeiten mitbrachte. Er nahm mich immer auf den Arm, gab mir einen Kuss auf die Stirn, stupste meine Nase und nannte mich ›mon petite bébé‹. Mir fehlt das so sehr.

Doch eines Tages war es das letzte Mal, dass er mir einen Kuss solcher Art gab, denn am nächsten Morgen starb er an einem Herzinfarkt. Maman war am Boden zerstört. Ich erinnere mich daran, wie sie mich ansah und in den Arm nahm, Sie konnte ihre Tränen nicht mehr zurückhalten. Er war ihre große Liebe.

Jeane, versteh mich bitte nicht falsch, aber die Armen werden ärmer und die Reichen werden reicher. Als einfacher Mensch kannst du noch so viel arbeiten, du wirst es immer schwer haben. Tut mir leid, ich weiß, du kannst nichts für all das, doch das ist mein Frust. Ich verlor meinen Vater mit zehn Jahren, und Maman war zu der Zeit mit Louis schwanger, der 1994 zur Welt kam. Ich habe am Tag der Beerdigung einen Satz von Antonio aufgeschnappt – wenn ein Leben endet, beginnt irgendwo ein neues –, heute weiß ich, was das bedeutet. Mein Vater ging fort und dafür kam Louis in unser Leben.«

Als sie ihren Satz beendete, kam Louis ins Zimmer. Er reichte mir meinen Geldbeutel, ohne ein Wort zu sagen.

Ihre Worte ließen mich nachdenklich werden. Er hatte seine Mutter mit zwölf Jahren verloren. *Ich verlor Mom auch mit zwölf, also haben wir scheinbar etwas gemeinsam. Es machte mich traurig, dass es beide nicht leicht hatten, während ich ein schönes Leben in New York habe. Es bleiben mir aber weiterhin viele Fragen im Kopf.*

»Ich weiß nicht, was ich sagen soll, aber wieso hast du nicht eher nach mir gesucht? Du wusstest doch, dass ich hier bin. Und bitte sag mir, was es mit Philippe auf sich hat.« Ich war sehr aufgeregt, als ich diesen Satz aussprach, denn schließlich musste es bedeuten, dass er mit ihr verlobt war und mich, ihre Schwester, geküsst hat. Mir wurde komisch bei diesem Gedanken. *Jeane, Stopp! Dich trifft keine Schuld! Du wirst hoffentlich noch Antworten bekommen.*

Jeanettes Ausdruck wirkte traurig. Mit einer zittrigen Stimme fuhr sie fort: »Als Louis mir deine Tasche und deinen Geldbeutel zeigte, wollte ich sehen, welchen Fang er diesmal gemacht hat. Ich durchstöberte deinen Geldbeutel, und da fiel ein Foto heraus, das Bild deiner Mutter. Ich hob es auf und auf der Rückseite las ich: ›Niemals vergessen, immer im Herzen und überall dabei‹. Da bekam ich Mitleid mit der Person.

Ich hatte noch keine Ahnung, dass du es sein könntest, dann suchte ich in deiner Tasche nach deinem Pass. Mir wurde sehr warm und mein Herz klopfte. Ich dachte mir, dass das nicht sein kann, denn ich erkannte mich auf dem Passbild, doch dein Name … Ich … Ich wusste nun, du bist da. Maman hat immer gesagt, du wirst kommen und du wirst nach ihr suchen. Sie hatte bis zu ihrem Tod diesen Gedanken nicht losgelassen«, Jeannette nahm einen Schluck Tee, »und Philippe … Ach, das mit Philippe und mir ist eine lange Geschichte. Er hat mich direkt angerufen, schon an dem Tag, als er dich sah. Ich habe ihn darum gebeten, kein Wort zu sagen und auf dich Acht zu geben.

Jeane, ich habe bewusst jeden Tag an Mamans Grab auf dich gewartet. Jedes Mal, wenn Maman sagte, dass du nach ihr suchen würdest, dachte ich, sie spinnt. Doch als mich Philippe anrief, wusste ich genau, ihre Hoffnung ist nie gestorben und sie hatte Recht. Und das gab mir Hoffnung.«

Ich wurde emotional und blickte zu Louis, der still mit überkreuzten Armen dastand, danach blickte ich zu Jeanette. »Bitte erzähl mir, was mit dir und Philippe los ist. Er war, wie du schon beschreibst, sehr zuvorkommend und freundlich zu mir, aber doch irgendwie distanziert. Ich bin mir nicht sicher, ob er dir davon erzählt hat, aber wir … wir –«

»Ihr habt euch geküsst! Ich weiß«, unterbrach sie mich. Ihre Tonlage wurde ernster. »Ich gebe dir keine Schuld, die Schuld liegt bei mir. Nun, Philippe und ich lernten uns während des Studiums kennen. Er ist mein Seelenverwandter, und die Liebe, die ich für ihn spüre –«

Ich unterbrach sie direkt: »Du hast studiert? Etwa auch Jura?«

Sie nickte und schmunzelte: »Ist das denn so abwegig? Du bist meine Schwester, und du hast auch studiert. Ich würde sagen, ich bin auch intelligent.«

Woher weißt du, dass ich studiert habe? Hast du etwa doch nach mir gesucht?

Sie lachte und erzählte weiter: »Nun, wie dem auch sei, als er mir den Antrag machte, habe ich

75

direkt Ja gesagt. Zwischen uns lief es gut bis zu seinem Abschluss. Er hat aus freiwilligen Gründen nicht als Anwalt gearbeitet. Und ich? Ich wollte immer als Anwältin arbeiten, doch ich musste mein Studium aus finanziellen Gründen abbrechen. Wir haben uns häufiger gestritten. Es hört sich egoistisch an, aber ich war neidisch auf ihn, weil ich putzen musste, um uns zu versorgen, und das Geld wurde immer knapper. Vertrau mir: Es ist sehr schwer, hier in Paris einen guten Job zu finden. Ich habe es nahezu überall versucht, bis ich bei Antonio als Kellnerin anfing. Ich begann dort zu arbeiten, weil Maman dort auch arbeitete. Antonio war immer gut zu mir und bot mir einen Job an, doch diesen einen Tag werde ich mein Leben lang bereuen. An diesem besagten Abend kam ein wohlhabender Geschäftsmann in das Restaurant. Ich wusste nicht, wer er war und was für Geschäfte er machte. Ich bediente ihn wie jeden anderen Gast, doch er hatte ganz andere Absichten.«

Louis schlug plötzlich mit seiner Faust gegen die Türe. Ich erschrak.

»Louis, beruhig dich, sie muss alles erfahren. Das würde Maman so wollen.«

Er wurde immer wütender. »Ich hätte diesen Mistkerl umgebracht«, sagte er zähneknirschend mit wütender Stimme.

Was hat das zu bedeuten, was meint Louis damit? »Bitte erzähl mir mehr, was hat dieser Mann gemacht?«

Sie nahm ihre Tasse Tee in die Hand und schaute tief in die Tasse. »Nun, dieser reiche Geschäftsmann machte mir ein unmoralisches Angebot. Er war sehr angetan von mir und machte mir ständig Komplimente an diesem Abend. Aus irgendeinem Grund wollte Antonio diesen Mann nicht verärgern und meinte: ›Bella, stell dich nicht so an, er ist ein guter Kunde und muss zufrieden sein.‹ Normalerweise war Antonio nicht so. Der Mann rief mich zum Tisch, ich sollte mich hinsetzen. Ich blickte zu Antonio rüber und er nickte, also setzte ich mich zu dem Mann. Er begann mir in die Augen zu schauen und lehnte sich nach vorne, bis er mir ins Ohr flüstern konnte. Er bot mir viel Geld an, wenn ich mit ihm schlafen würde – natürlich lehnte ich ab. Er gab mir seine Visitenkarte, die ich dummerweise annahm, weil ich ihn nicht verärgern wollte. An diesem Abend kam ich erschöpft von meiner Schicht nach

Hause, und schon waren viele Briefe im Briefkasten. Doch ein Brief hat mir Angst gemacht. Es war noch eine hohe Summe zu begleichen, ansonsten würden der Strom und das Wasser abgestellt werden, selbst mit meinen Ersparnissen wäre ich nicht hingekommen. Ich weiß noch, wie ich auf dem Bett lag und die Visitenkarte in die Hand nahm. Das war meine Lösung. Ich rief ihn an und verabredete mich. Natürlich konnte ich Philippe nichts davon erzählen, er hätte mich davon abgehalten und würde mir seine gesamten Ersparnisse geben, doch ich war zu stolz, um Geld von ihm zu nehmen, denn er selber musste viel arbeiten. Nun, der Mann gab mir Anweisungen, ich solle mich an der Rezeption eines Hotels melden und die Schlüsselkarte für das Zimmer 215 in Empfang nehmen und dort auf ihn warten. Das tat ich auch. Ich wartete und wartete, und irgendwie überkam mich doch die Angst. Ich wollte gehen und lief so schnell ich konnte Richtung Tür, doch zu spät – er kam genau in diesem Moment ins Zimmer und verriegelte die Türe. Er wollte, dass ich mich ausziehe. Ich war nervös, aber zog mich nicht aus. Er kam näher und näher, bis er sich wie ein wildes Tier auf mich stürzte, und dann passierte es …« Sie unterbrach, schluckte und sah zu Louis rüber. »Dieser Tag hat mich stark verändert. Ich konnte Philippe nichts davon erzählen und wurde daher immer distanzierter zu ihm, deswegen entschloss ich mich dazu, mich von ihm zu trennen trotz meiner Liebe zu ihm.« Ihr Atem wurde schneller und Tränen rollten ihr übers Gesicht.

Ich nahm ihre Hand und versuchte, für sie da zu sein. *Meine arme Schwester, was du alles erlebt hast. Ich kenne dich zwar erst heute, aber fühle deinen Schmerz, als wäre es meiner. Keine Frau, kein Mensch hat sowas verdient.*

Ich seufzte. »Jeanette, ab heute bin ich immer für dich da, du – nein, ihr seid nicht mehr alleine.«

Kapitel 9
LIEBSTE JEANE

Ich nahm Jeanette in den Arm und blickte zu Louis, mit der Hand winkte ich ihn zu mir. Wir umarmten uns alle drei. Ich löste mich von der Umarmung und wischte Jeanette die Tränen weg.

»Du bist eine starke Frau, und mach dir bitte keine Vorwürfe. Du hast aus bestimmten Gründen gehandelt.«

Sie schluchzte: »Wir kennen uns nicht lange genug, aber ich habe das Gefühl, dass wir im Herzen verbunden sind. Ich danke dir für deine Worte, sie schenken mir Kraft.«

Louis räusperte sich und stand auf. »Entschuldigt bitte, ich habe einen Kloß im Hals. Ich gehe mal in die Küche.«

Ich wusste genau, er wollte vor uns den Mann markieren, doch seine Tränen in den Augen bemerkte ich.

»Bleib hier, Louis. Ich habe noch viele Fragen und möchte, dass du dabei bist.« Ich klopfte mit meiner Hand auf das Sofa als Zeichen, dass er sich setzen soll. Er zögerte zunächst, dann setzte er sich.

»Bitte sagt mir, wieso habt ihr nicht nach mir gesucht?«

Jeanette war ohnehin schon aufgelöst, doch bei dieser Frage wurde ihr Gesicht ernst. *Steckt mehr dahinter? Du wirkst plötzlich anders, Jeanette. Nun sag endlich, was Sache ist.*

»Nun, Jeane«, begann Jeanette – ich war sehr aufgeregt, mit Spannung erwartete ich endlich Antworten auf meine Fragen –, »unsere Mutter hat uns alle geliebt, ja, dich auch. Sie gab dich nicht aus freien Stücken zur Adoption, vielmehr hatte sie keine andere Wahl gehabt.« Sie holte tief Luft und fuhr fort: »Maman war mit Herz und Seele Krankenschwester, sie liebte ihren Job. Im

Krankenhaus lernte sie auch Vater kennen, ihre große Liebe. Vater war ein großer und gutaussehender Mann. Er wurde damals mit einem gebrochenen Fuß ins Krankenhaus eingeliefert. Den Bruch zog er sich beim Fußballspielen zu. Nun, wie dem auch sei, Maman hatte Dienst an dem besagten Tag und musste ihm den Gips anlegen. Sie nannte es Liebe auf den ersten Blick, die beiden lernten sich kennen und lieben. Später heirateten sie und dann wurde Mama schwanger mit uns beiden. Als sie erfuhr, dass es Zwillinge werden, war sie außer sich vor Freude. Glaub mir, Jeane, sie liebte uns so sehr, wenn sie nicht gezwungen gewesen wäre, dann hätte sie dich auch niemals zur Adoption freigegeben.

Alles kam unerwartet. Es hieß, dass das Krankenhaus, in dem Maman arbeitete, von einem amerikanischen Investor gekauft wurde. Das Gebäude sollte abgerissen und ein teures Luxushotel stattdessen gebaut werden. Nun, Jeane, jetzt kommt dein Vater Monsieur Wilson ins Spiel. Er ist mit dem Inhaber des Hotels Paul Smith sehr gut befreundet, und ohne deinen Vater hätte Monsieur Smith sein Vorhaben niemals durchbringen können. Dein Vater ist ein sehr einflussreicher Geschäftsmann, der in den 80er-Jahren schon einen Namen als Investor für Immobiliengeschäfte hatte.«

Dad? Ist Dad dafür verantwortlich, dass ein Krankenhaus geschlossen wurde?! Ich hakte nach: »Soll das heißen, mein Dad hat dafür gesorgt, dass das Krankenhaus schließt? Ein Ort, an dem kranke Menschen gepflegt werden, soll abgerissen und dafür ein Luxushotel gebaut werden? Entschuldige, Jeanette, aber das kann ich nicht glauben. Mein Dad ist liebevoll und einfühlsam. Ich kann mir einfach nicht vorstellen, dass er so ein Vorhaben unterstützt hat.«

Sie blickte mir tief in die Augen. »Jeane! Sieh mich an. Wo bist du untergekommen in Paris? Ist das nicht ein Luxushotel von Monsieur Paul Smith?«

Ich war angespannt. »Doch, ja, mein Dad hat alles für mich organisiert. Soll das etwa bedeuten …« Mir wurde einiges klar, doch ich wollte es nicht wahrhaben.

Sie nickte. »Wenn du jetzt denkst, dass das Hotel, in dem du zurzeit wohnst, genau dieses eine Hotel ist, von dem ich erzählt habe, dann liegst du richtig. Das Hotel, in dem du wohnst, ist dieses Gebäude, das dafür gesorgt hat, dass viele Menschen ihren Job verlieren, und es ist dieses Gebäude, das unser Leben – also deins, meins und Mamans – verändert hat. Liebste Schwester, du hast so viele Fragen gehabt, die ich dir jetzt beantworten werde. Maman und auch ihre Kollegen waren voller Sorge, als sie hörten, dass das Krankenhaus geschlossen werden soll. Sie war ja hochschwanger, wie sollte sie Vater nun finanziell unterstützen können? Das konnte sie gar nicht mehr, und daher entschloss sich Vater, noch mehr und noch härter zu arbeiten. Er konnte so für zwei Personen sorgen, doch dann kamen wir zur Welt, am fünften Januar 1984. Du hattest Glück, Schwester, doch ich, ja, ich hatte weniger Glück.« Sie lächelte mich an.

Was hat das zu bedeuten?

»Du bist die ältere von uns beiden. Eine Minute später kam ich zur Welt. Die Ärzte waren besorgt, während sie dich eingewickelt haben und Maman zum Halten gaben, wurde ich gründlich untersucht. Maman wollte mich auch unbedingt auf den Arm nehmen. Sie hielt uns beide an der Brust im Arm, und Vater war voller Stolz. ›Ich wünschte, man hätte damals ein Foto von diesem glücklichen Moment gemacht‹, sagte Maman, als sie mir davon erzählte. Der Arzt kam auf beide zu und sagte: ›Madame und Monsieur Bernard, wie möchten Sie die Kleinen nennen?‹ Und so haben wir unsere Namen erhalten, Jeane und Jeanette.« Jeanette richtete sich auf.

»Sag mir … Was meinst du damit, ich hatte Glück und du nicht?«

Sie knöpfte sich ihre Bluse etwas auf, und da sah ich in ihrem Ausschnitt eine Narbe. »Ich muss etwas holen, warte bitte.« Sie ging aus dem Zimmer.

»Louis? Hat ihr jemand weh getan?«

Er schüttelte den Kopf. »Nein, sie wird dir alles erklären, und ich bin mir sicher, sie holt Mamans –« Er hörte sofort auf weiterzusprechen, weil Jeanette zurück ins Zimmer kam. Sie hatte eine alte braune Holzkiste in der Hand.

»So, wo war ich? Ach ja. Du hast meine Narbe auf der Brust gesehen, diese habe ich, weil … Ich weiß nicht, wie ich es dir erklären soll. Nun, du kamst gesund zur Welt, doch ich kam mit einem Herzfehler, der unbedingt operiert werden musste. Der Arzt erklärte Maman und Vater den Ernst der Lage. Ich hätte binnen vier Wochen operiert werden müssen, ansonsten wäre meine Überlebenschance sehr gering. Nun, es vergingen drei Wochen voller Sorgen, da nicht genug Geld zur Verfügung stand, um die Operation zu bezahlen. Eines Abends kam Beatriz, Mamans Freundin, zu Besuch. Maman vertraute sich ihr an. Beatriz war zu Ohren gekommen, dass der reiche Investor aus Amerika zu Besuch war, sie machte Maman den Vorschlag, einen privaten Kredit bei ihm anzufragen. Sie hatte gute Kontakte zu der höheren Gesellschaft Paris', daher hatte sie die Visitenkarte von Monsieur Wilson, die sie dann Maman gab. Die Idee fand Maman absurd, doch was blieb ihr anderes übrig. Die Banken hatten alle einen Kredit abgelehnt, und Vater arbeitete schon hart genug, also hat das Geld nicht ausgereicht.« Jeanette öffnete die Kiste und gab mir eine alte Visitenkarte, tatsächlich war das eine alte Visitenkarte aus den 80ern, die meinem Dad gehörte. »Dein Vater ist nicht der Mensch, für den du ihn hältst.«

»Wie kannst du so etwas sagen? Er hat mich immer gut behandelt und mich geliebt, als wäre ich seine eigene Tochter«, antwortete ich mit fauchender Stimme.

Sie kramte in der Kiste rum und fuhr fort: »Ach ja? Mag sein! Doch er ist der Grund, wieso wir getrennt wurden und wieso Maman all die Jahre eine Traurigkeit und Leere spürte.«

Dieser Satz traf mich mitten ins Herz. *Dad? Dad soll der Grund dafür sein? Wie soll das gehen? Du warst immer gut zu mir.*

»Maman hatte einen Termin vereinbart und musste uns beide mitnehmen. Wir schliefen, während sie mit ihm sprach und um einen Kredit gebeten hatte. Sie erzählte ihm, dass sie als Krankenschwester gearbeitet hat und das Gebäude abgerissen wurde. Irgendwann, mitten im Gespräch, kam seine Frau Heather ins Büro. Maman beschrieb sie als eine liebevolle und einfühlsame Frau.«

Ja, Mom war eine großartige Frau!

Sie kramte in der Kiste rum. »Ah, da bist du.« Sie nahm einen Brief aus der Kiste.

Ich wurde nervös. »Wie geht es weiter? Was passierte danach? Ich muss es wissen.«

Sie reichte mir den Brief. »Hier, nimm und lies den Brief bitte, dann erfährst du alles.«

Auf dem Umschlag stand geschrieben: ›Für meine liebste Jeane, von deiner Mutter‹.

Kapitel 10
EIN BRIEF DER WAHRHEIT – TEIL 1

Ich hielt den Brief in der Hand und war nachdenklich. Das Letzte, was mir von Alice geblieben ist – abgesehen von meinen Geschwistern. *Die Wahrheit über meine Adoption? Ich weiß nicht, was ich denken soll.*

»Ich habe Angst, den Brief zu öffnen«, sagte ich mit zittriger Stimme.

»Du musst ihn lesen, ansonsten wirst du Maman nie verstehen können. Sie hat immer erzählt, wie sehr sie dich vermisst. Ich muss dir ehrlich sagen, oft war ich eifersüchtig, weil sie in einer besonderen Art und Weise von dir sprach, so voller Liebe und Stolz«, erwiderte Louis. Er und Jeanette wirkten betrübt.

Ich konnte den Brief einfach nicht im Beisein beider öffnen, da blickte ich zur Uhr, die an der Wand hing. »Ach du Schreck, es ist schon so spät?! Jeanette, ich würde gerne zurück ins Hotel fahren.«

»Willst du den Brief nicht gleich öffnen?«, fragte Louis.

Jeanette klopfte ihm auf die Schulter. »Louis, schon gut. Ich glaube, das war heute zu viel für sie. Ich bringe sie zurück, und sei nicht so neugierig.«

Er nickte, obwohl ich an seinem Gesichtsausdruck erkennen konnte, dass er verwirrt war. Ich nahm meine Tasche und steckte den Brief ein. Jeanette und ich gingen aus dem Haus und stiegen ins Auto ein. Das Auto sprang nicht an. *Das kann doch kein Zufall sein!* Jeanette versuchte es einige Male, doch vergeblich. Sie seufzte.

»Entschuldige bitte! Du kannst natürlich bei uns bleiben, wenn du möchtest, oder du rufst dir ein Taxi.«

Sicher, ein Taxi könnte ich rufen, aber ich merke doch, wie enttäuscht du bist. Du tust verständnisvoll und kannst es gut überspielen, doch deine Augen verraten dich. Wahnsinn, wie du mir ähnelst.

»Vielen Dank, ich denke ... ich bleibe hier heute Nacht. Das wird wohl das Beste sein.«

Wir gingen wieder rein ins Haus. Louis blickte erstaunt.

»Das Auto ist nicht angesprungen, ich bleibe heute Nacht hier«, sagte ich lächelnd. Ich sah ihm seine Freude und Erleichterung an.

Jeanette bereitete die Couch zum Schlafen vor und gab mir einen ihrer Schlafanzüge. »Gute Nacht, Jeane«, sagte sie und ging aus dem Raum.

Louis war bereits in seinem Zimmer. Es wurde dunkel im Raum. Ich kuschelte mich in die Decke ein und versuchte zu schlafen. Ich machte meine Augen zu, doch irgendwie war ich unruhig. Ich dachte an den Brief und an Alice.

Ich muss den Brief lesen, um das alles verstehen zu können. Man gibt doch nicht einfach sein Kind zur Adoption. Langsam und vorsichtig richtete ich mich auf und griff in die Tasche. Ich holte den Brief heraus und ging zum Fenster, dort, wo der Mondschein Licht schenkte. Mein Herz klopfte, und ich war aufgeregt, während ich den Umschlag öffnete. Ich begann zu lesen:

Meine liebe Jeane, mein geliebtes Kind,

wenn du diese Zeilen liest, werde ich leider nicht mehr da sein. Ich will, dass du weißt, wie sehr ich dich liebe. Keine Mutter dieser Welt gibt freiwillig ihr Kind ab, wenn sie es neun Monate unter ihrem Herzen getragen hat, wenn sie den Herzschlag ihres Kindes hört, wenn sie die Tritte spürt, wenn sie die Bewegungen in ihrem Bauch spürt und vor allem, wenn sie ihr Kind bei der Geburt in den Armen hielt. Der Gedanke an unsere Trennung schmerzt bis heute noch. Im Leben hatte ich nie viel, doch ich sehe mich als den reichsten Menschen dieser Erde. Ich habe eine große Liebe erfahren dürfen, zum einen durch deinen Vater, zum anderen durch euch Kinder. Ich durfte Mutter sein, und deswegen sehe ich mich als reich an, da ich wahre Liebe erfahren und wissen durfte, was es bedeutet, Mutter zu sein. Wissen, was es bedeutet, in bestimmten Situationen alles zu tun, nur für das Wohl des eigenen Kindes. Ich hätte mein Leben hergeben können für euch – für meine Kinder. Ich hoffe, du kannst mir vergeben. Der Tag unserer Trennung ist wie ein Mal in meinem Herzen eingebrannt. Ich hatte keine andere Wahl, und doch hoffe ich, du hattest

ein schönes und wundervolles Leben. Ich hoffe, du
wurdest geliebt und dir hat es an nichts gefehlt.
Vergib mir bitte, dass ich die schönsten Momente
im Leben einer Mutter, deine Momente, verpasst
habe. Dein erster Zahn, deine ersten Schritte, deine
ersten Worte. Ich schreibe unter Tränen diese Zeilen
und möchte, dass du weißt, wie stolz ich auf dich
bin. Du, Jeanette und Louis seid der wichtigste Teil
in meinem Leben, und wenn ich fort bin, lebe ich
durch euch weiter. Wir werden immer verbunden
sein, und eines Tages werden wir uns wiedersehen.
Mein geliebtes Kind, ich hoffe, durch diesen Brief
und durch diese Zeilen werden dir all deine Fra-
gen beantwortet …

Deine dich liebende Mutter Alice

Nachdem ich die erste Seite des Briefs gelesen
hatte, konnte ich nicht mehr aufhören zu weinen
und drückte das Papier eng an meine Brust. Die
Worte kamen aus ihrem Herzen und berührten
mich. Ich fühlte den Schmerz, aber auch die Liebe
in ihren Worten, und die offenen Fragen, die mich
hergeführt haben nach Frankreich, hatte sie mir
alle beantwortet. Ich faltete den Brief, der aus

mehreren Seiten bestand, zusammen und ging wieder auf die Couch, voller Gedanken ließ ich ihre Worte Revue passieren und die Gründe für meine Adoption. Mit einer Erleichterung, aber auch Traurigkeit schloss ich meine Augen und stellte mir Alice vor, wie sie mir den Rest der Geschichte persönlich erzählte.

Kapitel 11
EIN BRIEF DER WAHRHEIT – TEIL 2

Ich hatte Wehen und wurde ins Krankenhaus gefahren, die Geburt stand bevor. Die Freude überwog die Schmerzen, die Freude endlich meine beiden Kinder – euch Zwillinge – kennenzulernen und im Arm halten zu dürfen. Am meisten freute ich mich aufs Muttersein, doch ich muss weiter ausholen, damit du die Zusammenhänge verstehen kannst, mein liebes Kind.

Meine Eltern und ich lebten sehr bescheiden auf dem Land. Eines Tages beschloss ich, in die Stadt zu ziehen, da es schon immer mein Wunsch

war, anderen Menschen zu helfen und Kranken-
schwester zu sein. So wurde ich Krankenschwester.
Meine Eltern unterstützen mich finanziell wäh-
rend der Ausbildung, doch leider sind beide sehr
früh gestorben.

Ich hatte also niemanden mehr. Nach einer lan-
gen Trauerphase konnte ich endlich wieder Mut
fassen, weil ich der Liebe meines Lebens begeg-
nete. An diesem Tag, im Januar 1982, wurde euer
Vater ins Krankenhaus eingeliefert und zwar mit
einem gebrochenen Fuß. Ich musste einspringen
und die Schicht übernehmen, weil eine Kollegin
krank wurde – zu meinem Glück, denn sonst wäre
ich ihm nie begegnet.

»Gehst du bitte ins Zimmer acht, dort liegt der
Neuzugang Gerard Bernard«, sagte die Stations-
leiterin. Ich nahm mir die Patientenakte und ging
die Notizen des Arztes durch. Also ein Verbands-
wechsel vor einer anstehenden OP, ein gebrochener
Fuß. Na, dann wollen wir mal.

Ich ging ins Zimmer, noch immer fokussiert
auf die Patientenakte und begrüßte den Patienten:
»Guten Abend, Monsieur Bernard, ich soll Ihnen
ein Verband anlegen.« Als ich meinen Blick zu ihm
richtete, klopfte mein Herz wie wild. Er lächelte

mich an und mir war, als würde ich träumen. Ich würde es Liebe auf den ersten Blick nennen.

»Hätte ich gewusst, dass so eine bezaubernde Krankenschwester mir den Verband anlegt, dann hätte ich mir eher den Fuß verletzt«, sagte er lächelnd.

Jeane, du denkst dir sicherlich ›wie kitschig‹, doch zu meiner Zeit war das eben nun mal so. Ich legte ihm den Verband um.

»Sie wissen, wie ich heiße, es ist unfair, wenn ich jetzt ihren Namen nicht erfahre.«

Ich wurde rot, aber musste professionell sein. »Nun, Sie sind der Patient und ich die Krankenschwester, sicherlich verstehen Sie, Monsieur, dass es nicht gestattet ist.«

»Was soll nicht gestattet sein? Dass ich den Namen einer bezaubernden Dame erfahren darf?«

Als ich fertig war, wollte ich so schnell wie möglich aus dem Zimmer. Mir war es etwas peinlich, denn ich wollte ihm eigentlich meinen Namen nennen, doch welchen Eindruck hätte es gemacht?

Er packte meine Hand und blickte mir tief in die Augen. »Alice, ich möchte Sie gerne näher kennenlernen, bitte geben Sie mir die Möglichkeit, Sie privat zu treffen.«

Mein Herz pochte wie wild. »Entschuldigen Sie bitte, woher kennen Sie meinen Namen?«

Plötzlich fing er an laut zu lachen.

Ich wurde patzig. »Lassen Sie meine Hand los. Diese Frage war ganz und gar nicht witzig.«

Er wurde ernst. »Na ja, verzeihen Sie meine Art, aber Ihr Namensschild.« Er zeigte in Richtung meiner Brust.

O nein, wie peinlich! »Ich wollte nicht unhöflich sein, Monsieur, mein Name ist Alice, und ja …« Dabei nickte ich.

»Nicht der Rede wert, aber ja? Soll das heißen, Sie geben mir die Möglichkeit? Na, wenn das so ist, dann lassen wir doch die Förmlichkeiten. Ich bin Gerard.«

Und so begann der Weg unserer Liebe. Während seines Krankenhausaufenthalts saß er im Rollstuhl. Wir trafen uns öfter und gingen im Park spazieren. Als er entlassen wurde, hatten wir ein Ritual – die Sonnenuntergänge beobachten. Unsere gemeinsame Zeit verging wie im Flug, und so kam es, dass er mir im Park einen Heiratsantrag machte. Wir heirateten nach gerade mal sechs Monaten Beziehung, so sicher waren wir uns beide. Mit Gerard fand ich meinen Seelenverwandten. Er ist und bleibt meine große Liebe. Wir haben im Juli 1982 geheiratet. Wie du siehst, im Sommer, das war schon immer mein Traum. Gerard hatte nicht viel Geld, nur einen üblichen Job als Fabrikmitarbeiter, doch das störte mich nicht. Wir konnten uns beide über Wasser halten. Ich wusste genau, dass er und ich zusammenhalten und alles schaffen können. Ich wurde kurz nach der Hochzeit schwanger – wie du merkst, stimmt das nicht mit eurem Geburtstag überein.

Ja, ich war schwanger, doch nicht mit euch beiden. Mein Herz schmerzt immer noch bei dem Gedanken. Ich erlitt leider eine Fehlgeburt. Diesen Schmerz kann nur eine Mutter fühlen. Ich war jeden Tag traurig, doch Gerard war immer für mich da. Das Blatt wendete sich, als ich erfuhr, dass ich nochmal schwanger wurde und diesmal Zwillinge erwartete. Ich hatte Angst, ich würde euch auch verlieren, so wurde mir strengste Bettruhe verschrieben. Ich durfte also nicht mehr arbeiten. Unsere finanzielle Lage verschlechterte sich, da die Firma eures Vaters immer weniger Aufträge erhielt. Und leider erfuhr ich auch, dass das Krankenhaus geschlossen werden sollte. Es stand groß in der Zeitung. Keiner ahnte zu diesem Zeitpunkt, welches Ausmaß alles nehmen würde. Beatriz, meine Freundin, lernte ich im Krankenhaus kennen. Sie hielt sich immer gern in den noblen Kreisen auf, aber wir verstanden uns auf gewisse Art und Weise beide gut. Wir telefonierten an diesem Abend.

»Alice, ich habe mitbekommen, ein reicher amerikanischer Investor hat das Grundstück gekauft, auf dem das Krankenhaus steht. Außerdem habe ich noch gehört, dass dort ein Luxushotel gebaut werden soll, schon in einem Monat soll das Krankenhaus abgerissen werden. Es tut mir leid, Liebes, dass du deinen Arbeitsplatz verlieren wirst.«

Diese Nachricht traf mich sehr, denn wie sollte ich Gerard finanziell unterstützen? Er war jedoch immer sehr verständnisvoll und wollte nicht, dass ich arbeitete. Nun war es endlich soweit, die Geburt stand bevor. Gerard stand mir zur Seite. Meine Freude war so groß, als ich hörte, wie du weintest. Kurz darauf kam Jeanette zur Welt. Ich wollte euch beide im Arm halten, doch der Arzt war sehr besorgt. Es fühlte sich wie ein Stich im Herzen an.

»Madame, Monsieur, ich muss Ihnen leider mitteilen, dass Jeanette einen angeborenen Herzfehler hat. Wir müssen operieren, ansonsten hat sie keinen Monat Überlebenschance.«

Ich wollte auf keinen Fall, dass mein Kind stirbt. Gerard und ich fragten bei nahezu jeder Bank um einen Kredit an, doch dieser wurde uns nicht gewährt. Ich war nahezu jeden Tag besorgt: Wie sollten wir uns die Operation leisten können? Finanziell war es uns unmöglich.

Beatriz kam auf die Idee, dass ich mich mit dem amerikanischen Investor treffen könnte. Sie gab mir eine Visitenkarte. Gerard war dagegen, doch ich wollte alles versuchen, um Jeanette zu retten. Mein Herz klopfte wie wild, als ich bei Monsieur Alex Wilson anrief. Er war zunächst abgeneigt und meinte, er habe keine Zeit. Doch ich bestand darauf und wollte unbedingt einen Termin. Er gab nach, und so vereinbarten wir ein Treffen.

Ich betrat das Geschäftsgebäude eines Paul Smith', dort sollte sich auch Monsieur Alex Wilson aufhalten, schließlich sind beide Geschäftspartner gewesen. Ich konnte euch beide nicht alleine lassen, also nahm ich euch mit. Ich war sehr aufgeregt. Was würde mich wohl erwarten? Ich machte mir keine großen Hoffnungen, aber ein Teil meines Herzens hoffte trotzdem noch auf ein Wunder, sodass ich Jeanette retten könne. Ich klopfte an der Tür, und Monsieur Wilson bat mich rein.

Was ich zu diesem Zeitpunkt nicht wusste, die Ehefrau Heather Wilson war auch im Büro. Sie war eine sehr hübsche Frau und sehr vornehm angezogen.

»Bitte nehmen Sie Platz. Um was geht es?«, sagte er mit einer tiefen Stimme, die respekteinflößend klang.

»Monsieur, ich habe in dem Krankenhaus gearbeitet, das nun abgerissen wurde. Ich habe gehört, Sie sind der Investor. Es ist so, meinem Mann und mit fehlt das Geld, um eine Operation zu bezahlen. Meine Tochter kam mit einem Herzfehler zur Welt, und jede Bank hat einen Kredit abgelehnt. Ich dachte, vielleicht sind Sie so großzügig und gewähren mir einen privaten Kredit.«

Er schaute mich kritisch an. In diesem Moment fingst du an zu weinen, ich holte dich aus dem Kinderwagen und versuchte dich zu beruhigen. Seine Ehefrau wirkte erst betroffen, doch als sie das Wimmern und das Weinen hörte, strahlte Heather Wilson und fragte, ob sie dich mal halten dürfe. Ich erlaubte es ihr natürlich.

»Wir können leider keine eigenen Kinder bekommen, wissen Sie, aber ich fühle mit Ihnen. Mein Gott, wie süß die Kleine ist. Darling, schau mal

her.« Sie hielt dich in den Armen und strahlte. Ich würde lügen, wenn ich sagen würde, dass ihr ein Kind nicht stand.

Monsieur Wilson tippte mit seinem Finger auf den Tisch. Er hatte eine starre Miene. »Na gut. Sie bekommen den Kredit.«

Ich war überglücklich, als ich die Worte hörte. Seine Frau lächelte mir zu.

»Unter einer Bedingung«, mir wurde ganz anders, »Sie geben uns das gesunde Kind zur Adoption, im Gegenzug dafür erhalten Sie volle finanzielle Unterstützung. Ich übernehme alle Kosten der Operation und alles, was danach anfällt, Sie müssen nichts zurückzahlen.«

Seine Frau wurde ganz ruhig und schaute mich mitleidig an. Mir wurde warm, er setzte mich unter Druck.

Ohne darüber nachzudenken, sagte ich aber: »Monsieur, ich kann das Angebot nicht annehmen, auf Wiedersehen.«

Ich nahm dich und legte dich in den Kinderwagen, und plötzlich fing auch Jeanette an zu weinen. Ich wollte nur schnell aus dem Gebäude. Am Abend, als Gerard nach Hause kam, musste ich ihm alles erzählen.

»Mach dir keine Sorgen, wir bekommen das schon hin. Und wir geben unser Kind nicht her, Geld ist nicht alles. Wir werden es schon schaffen.«

Doch wir wussten beide, dass das nicht der Wahrheit entsprach. Jeanette ging es zunehmend schlechter. Sie weinte die ganze Nacht und war fiebrig. Wir fuhren ins Krankenhaus, völlig aufgelöst und besorgt warteten wir bis zum Morgen im Krankenhaus, denn es wurden viele Tests und Untersuchungen durchgeführt. Ich war müde und völlig ausgelaugt.

Endlich kam der Arzt zu uns, doch mit schlechten Nachrichten. »Madame, Monsieur, eine Operation ist unvermeidbar. Wir müssen sie noch heute operieren, ansonsten wird die kleine Jeanette sterben. Es tut mir leid.«

Ich fing an zu weinen und konnte nicht mehr klar denken. Ich sank in den Armen von Gerard zusammen. Wir schauten uns beide an, dann nickte Gerard.

»Doktor, bitte tun Sie alles, um unsere Kleine zu retten.«

»Also gut, wir bereiten alles für die Operation vor.«

Schweren Herzens mussten wir das Angebot von Alex Wilson annehmen, ansonsten wäre Jeanette gestorben. Natürlich war die Freigabe zur Adoption an Bedingungen geknüpft. Monsieur Wilson ließ Gerard und mich viele Papiere unterschreiben. Unter anderem durften wir keinen Kontakt zu dir aufnehmen – niemals. Es war die schwerste Entscheidung meines Lebens und auch gleichzeitig die, die mich zu einem anderen Menschen machte. Menschen mit Geld hatten also die Macht über meine Entscheidungen, doch ich hoffe, du kannst mir vergeben. Es verging kein einziger Tag, an dem ich nicht an dich denken musste.

Mein Leben war geprägt von vielen Schicksalsschlägen. Einer davon war, dich loszulassen, um Jeanette zu retten. Doch Gerards Tod war für mich das Schlimmste im Leben. Ich verlor nicht nur die Liebe meines Lebens, sondern auch meinen Seelenverwandten. Oh, wie er sich auf Louis gefreut hatte. Er streichelte immer meinen Bauch und nannte ihn Prinz. Leider hat er nicht die Chance bekommen, ihn kennenzulernen.

Liebste Jeane, ich habe nie die Hoffnung aufgegeben. Tief im Herzen wusste ich, dass wir uns alle eines Tages treffen werden, doch wenn du diese Zeilen liest, bin ich nicht mehr unter euch. Ich liebe dich über alles und hoffe, du vergibst mir. Ich habe

Jeanette und Louis alles erzählt und wünsche mir,
dass ihr alle füreinander da seid. Ich werde auch
aufpassen und werde mit Gerard vereint sein. Bitte
lebt euer Leben und genießt es in allen Zügen, denn
das Leben ist schön – la vie est belle!

In Liebe
Deine Mutter Alice

Am nächsten Morgen wachte ich mit dem Brief
von Alice in meiner Hand auf. Louis kam ins
Wohnzimmer und brachte mir Kaffee.

»Hast du gut geschlafen, Jeane?«, fragte er
mich, als ihm der Brief in meiner Hand auffiel.
»Hast du den Brief gelesen?«

Ich nickte mit dem Kopf und legte den Brief
auf den Tisch. »Danke für den Kaffee ... Ich hätte
mit allem gerechnet, aber nicht damit, dass Alice
gezwungen war. Weißt du, Louis, all die Jahre
habe ich mich gefragt, wieso eine Mutter ihr Kind
zur Adoption freigibt. Ich hätte niemals gedacht,
dass mein Vater zu so etwas fähig sein könnte.
Er hat mich mit so viel Liebe zugeschüttet. Aber
ich mache ihm in der Hinsicht keinen Vorwurf.
Weder ihm noch meiner Mutter, denn ein Kind

haben zu wollen, aber keins zu bekommen, ist für ein Paar, denke ich, das Schwerste. Es entschuldigt natürlich nicht die ganze Sache, aber ich habe durch Alice eine andere Sicht auf die Dinge erhalten. Auch durch dich und Jeanette.«

Louis schaute mich fragend an. »Wie meinst du das genau?«

Ich lächelte ihm zu. »Na ja, ich war und bin ein Teil dieser Familie und hatte das Glück, in anderen Lebensverhältnissen aufzuwachsen. Mein Leben lief anders ab als eures, bitte versteh mich nicht falsch, aber es hat wohl einen tieferen Sinn.« Dann legte ich meine Hand auf seine Schulter und blickte aus dem Fenster. In diesem Moment kam auch Jeanette durch die Türe und stand neben uns. Wir hielten alle einen Augenblick inne.

Nach meiner Rückkehr aus Frankreich plante ich, mein trostloses Leben neu zu gestalten. Die jahrelange Leere, die ich spürte, lag nicht nur an der Abwesenheit meiner leiblichen Mutter sondern auch an der Abwesenheit meiner Geschwister. Nun habe ich aber endlich meine Familie und mein fehlendes Puzzleteil im Leben gefunden.

Ich habe später dafür gesorgt, dass Jeanette und Louis ein besseres Zuhause erhielten – mit meinem Einkommen war das kein Problem. Natürlich haben sich beide geschämt und fühlten sich unwohl, doch ich wusste genau, dass es zu dem tieferen Sinn meines Lebens gehörte, beiden zu helfen. Louis besuchte wieder die Schule und konnte so seinen Abschluss nachholen. Jeanette und Philippe haben wieder zueinander gefunden und heirateten. So oft ich konnte, besuchte ich meine Familie in Paris, und so lief mein Leben zwischen USA und Frankreich ab. Danke, Alice, meine Mutter.

Liebe Leserin, lieber Leser!

Ich hoffe, die Geschichte hat dir gefallen und du konntest mit Jeane mitfiebern. Die Inspiration zu dieser Geschichte kam mir spontan, als ich auf Instagram ein Lied gehört habe. Ich scrollte nichtsahnend durch die Reels und schaute mir ein Hochzeitstrailer an, bei dem im Hintergrund das Lied bzw. die Melodie »Love Story von Indila« zu hören war.

Als ich das Lied auf Youtube abspielte und das Französisch hörte, zeichnete sich mir direkt in Gedanken die Figur Jeane. So begann ich, während das Lied lief, eine passende Geschichte für die Figur auszudenken und damit führte dies zu *»Auf der Suche nach der Wahrheit«*.

In vielen alltäglichen Dingen, sei es die Musik oder eine Landschaft, finde ich Inspiration für meine Geschichten. In diesem Fall handelt die Geschichte von der Familie. Meiner Meinung nach ist die Familie sehr wichtig und natürlich gibt es auch Familien, in denen nicht alles gut läuft. Aber ganz egal, wie die Situation auch sein mag, Familie ist wie ein Baum. Die Zweige können in unterschiedliche Richtungen wachsen, doch die Wurzeln halten zusammen (Verfasser unbekannt).

Danksagung

Ich möchte mich bei allen bedanken, die Interesse an diesem Buch gezeigt und es bis hierhin gelesen haben.

Mein ganz besonderer und aufrichtiger Dank gilt meiner Familie und meinen Freunden, die mich bestärkt haben diese Geschichte zu veröffentlichen. Danke, dass ihr immer fest daran geglaubt habt, dass dieses Buch wirklich geschrieben wird.

An dieser Stelle möchte ich auch allen beteiligten Personen meinen großen Dank aussprechen, die mich bei der Anfertigung des Buchs unterstützt haben. Hierzu gehören unter anderem Katharina Glück, Daniela Szegedi, Melissa Altay und Matthias Celik.

Über die Autorin

Diana Ak schreibt schon seit der Schulzeit. Ihren ersten Roman »Schwarze Rose« veröffentlichte sie bereits mit 23 Jahren. Inspiration für ihre Geschichten findet sie in alltäglichen Kleinigkeiten, zum Beispiel in der Musik. Neben dem Schreiben dient ihr auch das Zeichnen als kreatives Ventil. Sie arbeitet als Beamtin und lebt mit ihrer Familie in Göppingen bei Stuttgart.